狼王卡赞

KAZAN: Father of Baree

［美］詹姆斯·奥利弗·柯尔伍德／著

杨天庆／译

天地出版社 | TIANDI PRESS

图书在版编目（CIP）数据

狼王卡赞／［美］詹姆斯·奥利弗·柯尔伍德著；杨天庆译.—
成都：天地出版社，2015.3（2019.12重印）
ISBN 978-7-5455-1271-7

Ⅰ.①狼… Ⅱ.①詹…②杨… Ⅲ.①长篇小说—美国—现代
Ⅳ.①I712.45

中国版本图书馆CIP数据核字（2015）第040654号

狼王卡赞
LANGWANG KAZAN

［美］詹姆斯·奥利弗·柯尔伍德／著
杨天庆／译

—— 阅读·成长 ——

出 品 人	杨　政

策划组稿	卢亚兵
责任编辑	杨　丹
责任校对	程　于　等
封面设计	冯　亮　何宇韬
电脑制作	跨　克
责任印制	田东洋

出版发行	天地出版社
	（成都市槐树街2号　邮政编码：610014）
网　　址	http://www.tiandiph.com
电子邮箱	tianditg@163.com

印　　刷	山东省东营市新华印刷厂
版　　次	2015年3月第一版
印　　次	2019年12月第三次印刷
成品尺寸	155mm×220mm　1/16
印　　张	14.5
字　　数	151千
定　　价	29.00元
书　　号	ISBN 978-7-5455-1271-7

目　录

第一章

奇　迹

卡赞一声不吭地躺着，没有动弹，眼睛半闭着，灰色的鼻子埋在前爪之间。它似乎比岩石还死气沉沉：肌肉不抽搐，毛发不动弹，连眼睑也不眨一下。然而，在它矫健的躯体里，每一滴血从未像现在这样欢腾狂野地涌动；在它强壮的肌肉里，每根神经如钢丝那样绷得紧紧的。卡赞在荒野地带已经生活了四年，它有四分之一狼的血统，其余四分之三的血缘来自哈士奇猎犬。卡赞感受过饥饿的痛苦，也知道严寒冰冻的滋味。在北美荒野地带，它听到过漫漫北极之夜的风声哀号。它也听到过洪流和暴雨的隆隆声响，在暴风骤雨下蜷缩成团。这会儿，它满身伤痕，满脸雪沫，眼睛通红。

它的名字叫卡赞，意思是"疯狗"。因为在同类之中，它高大健壮、胆量超群，即使人们把它驱赶到危险的冷冻世界，它也无所畏惧。

时至今日，卡赞才知道什么是恐惧。之前，它从来没有产生过逃生的念头——卡赞曾在森林里同硕大的灰山猫恶斗，并咬死了那只山猫；即使在可怕的那一天，它也没有这种想法呀。卡赞不明白是什么东西吓着了它，但它知道它来到了另一个世界，里面有很多东西让它震惊、慌张。这是卡赞第一次接触文明世界，它盼望着主人返回它现在待的这间陌生屋子，因为这间屋里到处是可怕的东西：墙壁上挂着很多人的头像，脸孔很大，但他们既不动弹又不说话，好像都在盯着它似的。卡赞从来没有见过这种直勾勾目视的样儿。卡赞想起了，它见过曾经的主人非常安静地躺在雪地里，浑身冰冷；卡赞蹲坐着，嘴里发出了死亡的哀嚎。可这些在墙壁上的人呢，他们看似还活着，但好像已经死了。

忽然，卡赞略微竖起了耳朵。它听到了脚步声；接着又听到了轻轻的说话声，里面有它主人索普的声音，而另一个声音——让它周身轻微地颤动起来！在很久以前，曾有一次，那一定是在它年幼的日子里，卡赞曾经在梦里听见过这种笑声，像是年轻女子的笑声——笑声里充满了一种美好的幸福，一种令人为之激动的爱情，一种甜蜜，这使卡赞抬起了头。这时候，说话的人走近了。卡赞望着他们，红色的眼睛在闪烁。它一眼就发现，主人索普一定很爱那个女孩，因为他的手臂正搂着她呢。在灼热的光线下，卡赞看见她的头发润泽光亮，脸红扑扑，闪烁的眼睛里透露出深邃的蓝色。忽然，那女子看见了卡赞，轻轻地叫了一声，便朝它冲了过来。

"站住！"主人高声喊道，"危险！卡赞……"

那女子双膝已经跪在了卡赞的身旁，她显得格外温柔、亲切、美丽，眼睛里闪烁出奇妙的光芒，她的手即将触到卡赞。

卡赞会畏缩吗？会露齿咆哮吗？它会跳起来咬她嫩白的喉咙吗？

卡赞看见主人迎面跑来，他的脸色变得像死人那样苍白。这时候，她的手已落在了卡赞的头上，触摸的快感迅速抵达卡赞体内的每根神经。她的双手捧起了卡赞的头，她的脸离得很近，卡赞听到了她的说话声，听起来几乎在啜泣。

"你是卡赞——亲爱的老卡赞，我的神犬——谁把你带回到我的身边？他们都死了！我的卡赞——我的英雄呀！"

这时候，她把脸深深地埋在卡赞的身上，卡赞感到了她芳香温暖的触摸，真是奇迹中的奇迹呀！

此时此刻，卡赞没有动弹，几乎停止了呼吸。好像过了很长时间，那女孩才抬起头。当她的脸深埋在卡赞身上时，她的蓝眼睛里噙满泪水，主人一直就站在他们身边，双手握拳，牙关咬得紧紧的。

"真不知道有谁曾经摸过它——用没戴护具的手呀！"他的口气既紧张又惊奇，"悄悄地往后退吧，伊莎贝尔。我的天哪！"

卡赞轻轻地发出呜呜声，布满血丝的眼睛盯着伊莎贝尔的脸。卡赞想再次触摸她的手，它想贴近她的脸。它发现这会儿没有危险了。卡赞会为她做任何事情，甚至不惜伤害他人。于是，它畏缩地朝她爬过去，一步又一步，眼睛里没有一点儿迟疑彷徨的神色。卡赞听到主人说："我的天哪！瞧瞧吧！"它在战栗。然而，谁也没有朝它打去，把它赶走。卡赞冰冷的鼻

狼王卡赞

子触到了伊莎贝尔的衣裙。她一动不动地看着卡赞，潮湿的眼睛像星星那样炽烈。

"哦，卡赞！"伊莎贝尔低声说，"哦，卡赞！"

一厘米，两厘米，卡赞耸肩弓身，硕大的灰色躯体朝伊莎贝尔移过去。接着，它的鼻子慢慢地朝前伸去——越过那女孩的脚，到了她的膝盖，最后触碰到了那双温暖的手。卡赞的眼睛依然盯着伊莎贝尔的脸：它看到她白皙的脖子，喉咙在奇怪地动着；当伊莎贝尔用奇妙的表情看着索普的时候，卡赞看见她的嘴唇在颤抖。主人也跪下来，靠在他们的身边，他搂住伊莎贝尔，同时拍了拍卡赞的头。

卡赞不喜欢索普的触摸。它不信任这样的触摸，因为大自然教育它不要信任任何男人的手的触摸；可这一次，卡赞允许了，因为它发现，在某种程度上这会让伊莎贝尔喜欢。

"卡赞，老伙计，你不会伤害她，对吗？"主人轻声地说，"我们都爱她，对吧，伙计？不由自主地爱她。她是我们的，卡赞，我们大家的！她属于你和我，我们要一辈子照顾她；如果需要我们为她打斗的话，我们会拼命的，对吧？嗯，卡赞，老伙计？"

两人离开了卡赞。之后很长的时间里，卡赞一直躺在地毯上，它的视线一刻也没有离开伊莎贝尔。卡赞在观察，在仔细听——在这段时间里，卡赞越来越想爬过去，爬到他们的身边，紧挨着伊莎贝尔的手、她的衣裙、她的脚。过了一会儿，主人说了些什么，只见伊莎贝拉莞尔一笑，跳了起来，朝一个又大又方又光亮的东西跑过去，那东西摆放在房间的一个角落里，上面有一排比它身子还长的洁白"牙齿"。卡赞想知道那些"牙齿"究竟是干什么用的。这时候，伊莎贝拉的手指触摸到了那些"牙齿"。卡赞虽然听到过各种细语风声、各种瀑布和急流的悦耳佳音，以及春日里鸟儿的啼啭鸣唱，但与伊莎贝尔和索普弄出的声音比起来不免逊色了许多。这是卡赞第一次听到音乐声。刚开始，音乐声让它感到震惊慌张，继而惊骇感转瞬即逝，取而代之的是体内涌动的一种奇妙的兴奋感。卡赞想蹲坐着，它想嗥叫，如同想在寒冬夜晚里对着空中的无数星星狂吠似的。然而，是什么没有让它这样做呢？原来是伊莎贝尔呀。于是，卡赞慢慢地朝她走过去，动作悄无声息。不过当它感到主人的眼睛在盯着自己时，它停住了。稍后，它又朝前移动了一点儿——脖子和下颚贴着地板，每次朝前挪动几英寸。卡赞朝伊莎贝尔的方向望去，伴随着伊莎贝尔的是美妙、温柔的乐曲。

"去吧！"卡赞听到主人在催促自己，他的声音又低又快，"继续，别停下来！"

伊莎贝尔转过头，看看畏缩在地板上的卡赞，又继续演奏。主人仍然盯着卡赞。卡赞顾不上他，慢慢朝伊莎贝尔靠近，越来越近了；最后，它的鼻子触碰到了拖在地板上的衣裙。卡赞颤抖着躺下，这时伊莎贝尔开始歌唱了。卡赞听过克里族女子在帐篷前的低吟，也听过驯鹿杂乱的鸣叫——但它从来没有听到过这么美妙甜蜜的声音。这会儿，卡赞忘了主人的存在。它悄悄地抬起头，小心翼翼，生怕惊扰了伊莎贝尔。然而，卡赞却发现伊莎贝尔正看着自己。她美丽的眼睛里蕴含着的某种东西给了卡赞信心，它大胆地把头枕在伊莎贝尔的腿上。这是卡赞第二次感受到女子的触摸，它闭上眼睛，长长地叹息一声。

音乐停止了。卡赞的头顶传来轻微的颤响，好像是笑声和啜泣交织在一起的声音。卡赞听到主人在咳嗽。

"我一直喜欢这个老坏蛋——但我从来没有想到它会这么做！"主人说。卡赞觉得他的声音听起来很奇怪。

第二章

进入北方

这以后，卡赞过上了好日子。虽然它不能奔跑在森林和厚厚的积雪中，不再像往日那样为给其他雪橇犬引路而不停地狂吠，也不再像往日那样拉着雪橇在荒野中奔走。所以，卡赞也不用再听驾车人吆喝的"库什——库什——呼呀"声，听不到七米长的皮鞭恶狠狠的噼啪声，也听不到身后其他雪橇犬的犬吠声，更感觉不到勒紧的缰绳了。不过，某种东西渐渐代替了卡赞失去的一切。那东西就在这间房屋里，在它周围的空气中，甚至卡赞的主人或伊莎贝尔不在身边时，它也能感觉到它的存在。无论伊莎贝尔在何处，卡赞发现只要那个奇怪的东西存在，就会减轻自己的孤独和寂寞。原来，那东西是女人的香味。每当伊莎贝尔出现在卡赞的身边时，那香味会让卡赞发出轻轻的呜呜声。

卡赞不寂寞，因为夜晚它可以出去对着星空嗥叫。卡赞不寂寞的另一原因，是一天晚上它四处徘徊，发现了一扇房门。当伊莎贝尔早晨打开那扇门时，发现卡赞靠着门，蜷缩在那里。伊莎贝尔俯下身，抱住卡赞，浓密的长发散落下来，遮掩了它的全身，清香的气味浸润着卡赞；然后伊莎贝尔在门前放了一块供卡赞栖息的小地毯。尽管长夜漫漫，卡赞知道她在房门的那一边，为此它感到心满意足。渐渐地，卡赞对荒野地带想得越来越少了。

不久，情况发生了变化。卡赞周围出现了一种奇怪的现象，人们匆匆忙忙，看上去很兴奋，伊莎贝尔对它也不太注意了。卡赞渐渐感到了不安。它嗅到了空气中变化的气息，它开始留意主人脸上的表情。不久，在一天清晨，卡赞又被皮条颈圈和铁链拴住了。它跟着主人走出门，到了街上，这时它才渐渐明白了：他们要打发它走呀！卡赞突然蹲坐下，拒绝再往前走。

"走吧，卡赞，"主人在劝诱它，"走吧，伙计。"

卡赞往后退，同时露出了白色的尖牙。它以为会挨鞭子或遭棍棒殴打，但却未遭任何惩罚。卡赞的主人笑了笑，把它带回了家。不久他们又离开了房间。这一次，伊莎贝尔和他们走在一起，她的手一直在抚摸着卡赞的头。在她的带领下，卡赞跳起来，钻过一个又大又黑的洞，然后进了一辆汽车黑暗的车厢里；伊莎贝尔把卡赞引到最黑暗的角落，然后主人用铁链拴住了它。做完这一切两人走了出去，高兴得像两个小孩子似的。卡赞感到紧张，它静静地躺着，一躺就是好几个小时，同时听着下面车轮响起的隆隆的奇怪声。有几次，车轮停了下来，卡赞听到了外面的说话声。终于，它确信听到了一个熟悉的声音；于是，它紧拽着铁链，嘴里发着呜呜声。车门打开了。有个人提着灯笼爬了进来，后面跟着的是主人。卡赞没理他们，它透过打开的通道盯着阴暗的夜色。卡赞跳了下来，站在洁白的雪地上，差一点儿挣脱了拉住它的铁链。此地空无一人，卡赞孤单地站在那儿着，嗅着空中的气味。头顶是熟悉的星空，四周是漆黑幽静的森林，像一堵墙似的把他们围在里面。卡赞试图寻找那种失踪的香味，但却没有。索普听见卡赞的喉咙里响起了悲伤低沉的声音。他提着灯笼，举到卡赞的头顶，同时松开了拉紧它的铁链。这时，黑暗里传来了说话声。声音从他们身后传来，卡赞马上转过身，松动的铁链从索普手上滑了下来。卡赞看到了灯笼发出的光在闪烁。然后，又一次，那声音……

"卡——赞！"

卡赞像箭似的冲了过去。索普一边暗自发笑，一边跟在后面。"老海盗！"他咯咯地笑着。

索普来到车背后的空地，这里被灯笼点亮了。他发现卡赞蜷伏在一个女人的脚下——那是妻子伊莎贝尔。她得意地笑了笑，看着索普从黑暗里走出来。

"你赢了！"索普不无高兴地笑着，"我敢用我身上最后一块钱打赌，世界上没有任何其他声音可让它如此就范。你赢了！卡赞，你这个畜生，我输给你了！"

当伊莎贝尔弯身去拾铁链时，索普突然变得清醒了。

"它是你的了，伊莎贝尔，但你得让我来照顾它，直到……你明白吗？把铁链给我吧。即使到现在，我还是不信任它。卡赞是一头狼。我见过它一口咬下印第安人的一只手。我还见过它跳起来，撕开另一只狗的咽喉。它是个亡命之徒，一只劣迹斑斑的狗——尽管它像英雄那样救了我，但是，我还是不能信任它。把铁链给我吧。"

索普的话还未讲完，卡赞一下子跳了起来，它咧开嘴唇，露出长长的尖牙。索普的脊椎一下绷紧了，他立刻告诫妻子要小心；与此同时，他的手滑到腰间，摸到了挂在皮带上的左轮手枪。

卡赞没有理睬索普。原来从黑夜里走出了另一人，他慢慢地靠近了，这会儿就站在灯笼照亮的圆圈内。此人叫麦克里迪，他来陪伴索普和他年轻的妻子去红河露营地，在那里，索普将负责修建新的房屋。麦克里迪长得挺拔、魁梧，脸刮得干干净净，下巴长得方方正正，看着有些恶狠狠的；当他看着伊莎贝尔时，他的眼里流露出一种灼热的微光，很像卡赞眼里的那种激情。

这时，伊莎贝尔的红白色的绒线帽从头上滑落下来，搭在了肩上。在黯淡的灯笼照耀下，她的头发显得既温暖又有光泽。伊莎贝尔将手放在卡赞的头上抚摸它。卡赞似乎没有觉察到伊莎贝尔的触摸，依然对着麦克里迪咆哮，喉咙里隆隆的威胁声响得越来越沉重。伊莎贝尔用力拽着铁链。

"别叫了，卡赞——别叫了！"伊莎贝尔命令道。

听到了她的声音，卡赞静了下来。

"别紧张，宝贝！"伊莎贝尔说，她腾出了一只手，放在卡赞的头上。卡赞回到伊莎贝尔身边，嘴唇依然向后咧开。索普注视着卡赞，为什么这双狼似的眼睛会冒出致命的凶光呢？他感到诧异，他转眼看着麦克里迪。这位身材魁梧的向导解开了长长的狗鞭子，他的脸上露出了一种奇怪的表情，一直死死地盯着卡赞。突然，麦克里迪俯下身，双手放在膝盖上，好一会儿，他似乎忘了伊莎贝尔美丽的蓝眼睛正盯着他呢。

"呼——库什，佩德罗——冲呀！"

"冲呀"——这句话只用于在西北骑警队服役的猎犬的教学中。卡赞没有动弹。麦克里迪直起身，噼啪一声，长鞭如同快速射出的子弹在黑夜里爆裂，听起来像是手枪的响声。

"冲啊，佩德罗——冲呀！"

卡赞的喉咙里隆隆地响起低沉的咆哮声，但它身上的肌肉一动也不动。麦克里迪转过身，对索普说：

"我可以发誓，我认识这条狗。如果它的名字叫佩德罗的话，那它可坏啦！"

索普手里拿着铁链。只有伊莎贝尔看到了麦克里迪的脸上那转瞬即逝的表情。这让她感到战栗。几分钟前，当列车首次停在莱斯帕思时，她向这人伸出了手，当时她看到了同样的表情。然而，虽然伊莎贝尔有些恐惧，但她想起了丈夫讲述的许多有关森林人的事情。索普还未把她带到森林人中间时，伊莎贝尔就渐渐地喜欢他们了，钦佩他们慷慨的、不拘小节的男子气概和忠诚的心。想到这里，伊莎贝尔朝麦克里迪笑了笑，极力克服恐惧和反感的紧张感觉。

"它好像不太喜欢你呢，"伊莎贝尔朝麦克里迪轻声笑了笑，"你不会和它交朋友吗？"

伊莎贝尔拉着卡赞朝麦克里迪走去，索普这会儿握住铁链的末端。麦克里迪来到伊莎贝尔的身边，这时，伊莎贝尔正好埋头看向卡赞。麦克里迪弓下腰，背对着索普，脸距离伊莎贝尔低下的头不到三十厘米远。伊莎贝尔正在平息卡赞低低的怒吼，麦克里迪可以看到她脸上的光晕和她嘴噘起的曲线。索普站立着，随时准备往后拉动铁链。麦克里迪在索普和他的妻子之间，索普看不到麦克里迪脸上的表情。这个男子的眼睛并没看着卡赞，而是在盯着伊莎贝尔。

"你真勇敢，"麦克里迪说，"我不敢这样，它会咬掉我的手！"

麦克里迪从索普手里接过灯笼，带头走向从轨道那边一条被雪覆盖的小路。索普两星期前离开的露营地就隐藏在浓密的云杉树丛里。现在，一共有两座帐篷了，之前只有一座帐篷供他和向导使用。

一堆大火在他们面前燃起了。靠近火堆的地方有一个长雪橇，在火光的外圈里，卡赞看见拴在树边的黑影和它的队友们闪闪发光的眼睛。卡赞僵硬地站立着，一动也不动。索普也把卡赞拴在雪橇边。卡赞又一次回到了森林——回到了统领队友的位置。女主人在欢笑，她高兴地拍着手，为现在到来的既奇妙又美好的生活而感到兴奋。索普掀开了他们的帐篷门帘，伊莎贝尔先于索普走了进去。她没有回头，也没有对卡赞说一句话。卡赞发出呜呜声，它的红眼睛转过去盯着麦克里迪。

在帐篷里，索普说："对不起，向导杰克潘不再和我们一起了，伊莎贝尔。他驾车送我过来的，但由于费用的缘故，我们不能继续一起工作了。老杰克潘是个传教的印第安人，我将支付给他一个月的工资，由你代他管理这些雪橇犬。我不太了解麦克里迪这个人。这里的公司代理人告诉我，说他是个奇怪的家伙，对森林了如指掌。可是，雪橇犬们不喜欢陌生人。卡赞更是一点儿也不喜欢他！"

卡赞听到了伊莎贝尔的说话声，它僵硬地站着，一动也不动地仔细倾听。这时，卡赞既没有听到，也没有看见麦克里迪悄悄地从它身后走过来。突然间，麦克里迪说话了，其声音如同在卡赞背后响起了一声枪响。

"佩德罗！"

卡赞当即吓了一跳，好像挨了一鞭子似的。

"你记得那段时光——对吧？你这个老鬼！"麦克里迪轻声地说，他的脸色在火光里显得异常苍白，"你改名字了，嗯？但我认出了你。"

第三章

罪有应得

　　麦克里迪说完，就默默地坐在火堆旁，一直坐了很长时间。偶尔，他的视线会离开卡赞。过了一会儿，当麦克里迪确信索普和伊莎贝尔已经就寝了，他便走进自己的帐篷，提了一瓶威士忌，又出来了。在接下来的半小时里，麦克里迪不停地饮酒。然后，他走到雪橇边坐下，刚好是被铁链拴着的卡赞够不着的距离。

　　"我逮住你了，对吧？"麦克里迪重复地说，酒的作用开始在他闪烁的眼睛里显现了，"不知道是谁改了你的名字，佩德罗，他究竟是怎样得到了你？呵呵，如果你能说话，那该多好呀。"

　　这时候，麦克里迪和卡赞听到了帐篷内索普的说话声，随后又传来一阵女子的轻笑声。麦克里迪猛地直起了身，他的脸一下变红了，他把酒瓶塞进了上衣口袋。麦克里迪绕过火堆，踮着脚，小心翼翼地走到靠近帐篷的一棵树下，他站在那里听了许久。当他返回雪橇和卡赞跟前时，眼睛红得像在疯狂地灼烧，直到半夜，麦克里迪才进了自己的帐篷。

火堆的温暖让卡赞慢慢地闭上了眼睛。它睡得不安稳，满脑子是混乱的画面。在画面里，有时，它在厮斗，嘴颌咬得咯咯直响；有时，它在用力挣脱铁链，可就是够不到麦克里迪，也够不到它的女主人；有时，卡赞感到女主人的手在温柔地抚摸它，听到女主人对着它和索普唱起美妙甜蜜的歌声。整个夜晚，卡赞的身体都在激动地抖动、抽搐。然后，画面又变了：卡赞梦见自己跑在一个很棒的团队最前面——该团队由西北皇家骑警六只猎犬组成——它的主人正在喊叫它的名字——佩德罗！画面的场地又变了，它们在露营地里。它的主人年轻、面无胡须，他在帮助雪橇那里的另一个男子，这人的双手被奇怪的黑色铁环铐在了前面。又过了一会儿，卡赞梦见自己躺在大火前，它的主人坐在他的对面，背对着帐篷；当卡赞看着他时，刚才被黑色铁环铐住的人从帐篷里走出来了——只是这会儿铁环不见了，他的手自由了，而且一只手还提着一根棍棒。卡赞听到了棍棒的击打声，那棍棒落在了主人的头上——击打声把卡赞从不安的睡眠中惊醒过来。

　　卡赞猛地跳了起来，脊背绷得紧紧的，喉咙里响起了咆哮声。火堆已经熄灭了，露营地在黎明前显得更加阴暗。透过阴暗的光线，卡赞看到了麦克里迪。此时，麦克里迪又站在靠近卡赞的主人住的帐篷外。卡赞现在知道了，这人就是被黑铁环铐住的家伙；这家伙杀害了卡赞曾经的主人，在之后漫长的日子里，他又用鞭子和棍棒暴打它。麦克里迪听到了卡赞喉咙里响起了威胁的吼声，便很快回到了火堆旁。他吹起了口哨，把烧剩下一半的柴火堆在一起；当火又重新燃起时，他就大声喊叫，唤醒了索普和伊莎贝尔。几分钟后，索普出现在帐篷门帘前，他的妻子跟在后面，她那松散的长发像黄色的波澜在肩上荡漾。伊莎贝尔坐在雪橇上，靠近卡赞，开始梳理长发。这时，麦克里迪来到了她的身后，在雪橇上的包裹堆里摸来摸去。仿佛是无意的，麦克里迪的一只手突然伸进伊莎贝尔背上浓密的秀发里。起初，伊莎贝尔没有觉察到麦克里迪的亲昵触摸，而索普呢，正背对着他们。

不过，卡赞看见了这一切：那只手在鬼鬼祟祟地移动，手指在伊莎贝尔的长发里抚弄，那人的眼睛里灼烧着疯狂的欲望。卡赞一跃而起，越过了雪橇，速度比山猫还快，跳跃的距离有铁链那么长。麦克里迪及时往后一蹦。卡赞被铁链拽着反弹了回来，结果撞到了伊莎贝尔身上。这时索普刚好转过身，看到了卡赞的举动。他以为卡赞跳起来攻击伊莎贝尔呢，立刻把伊莎贝尔拉过来。索普见她没有受伤，便伸手去掏他的左轮手枪，可枪放在帐篷中的皮套里了。不过，他的脚下放着麦克里迪的鞭子，索普一怒之下，抓起鞭子扑向卡赞。卡赞蜷缩在雪地里，它没有动弹，没有逃避，也不攻击。在它的生命中，它只记得自己挨过一次鞭打，就像索普现在打它的样子。不过，卡赞既不呜咽，也不咆哮。

就在此时，伊莎贝尔突然跑上去，抓住了索普举在头上的鞭子。

"别再打了！"她大声喊道，声音听起来有些异样。索普停住了鞭打。麦克里迪没有听到伊莎贝尔在说些什么，但见索普流露出一种异样的眼光，他一言不发地跟着妻子进了他们的帐篷。

"卡赞不是朝我扑来的，"伊莎贝尔低声说道，她忽然感到浑身颤抖，情绪激动，脸色变得死一般的苍白，"那人在我的身后，"伊莎贝尔继续说道，她的手抓住了丈夫的手臂，"我感觉他在摸我——这时卡赞跳了过来。它不会咬我的，是咬那个人！你搞错了。"

伊莎贝尔几乎快哭了，索普紧紧地把她抱在怀里。

"我以前真没想到——但这也奇怪呀，"索普说，"麦克里迪有没有说过他认识这只猎犬？有可能。也许他以前认识卡赞，而且在某种程度上虐待了它，使得卡赞至今没有忘记。明天，我会找到答案的，可在我弄清楚此事之前——你要保证远离卡赞，好吗？"

伊莎贝尔答应了。当他俩从帐篷里走出来时，卡赞抬起了硕大的头。鞭打的刺痛使它闭上了一只眼睛，它的嘴在淌血。伊莎贝尔低声啜泣，但她没有走到卡赞的跟前。虽然卡赞处于半盲状态，但它知道，是伊莎贝尔制止了索普对它的惩罚。它发出了轻轻的呜呜声，同时晃动着尾巴。

卡赞领着它的队友进入了北部地带，开始了一整天辛苦的劳作，它从未感到如此难受。它的一只眼睛闭着，眼里火一般灼烧，身子因皮鞭的抽打而感到疼痛。卡赞的头闷闷不乐地垂了下来，失去了领头犬的机敏快速，可这并不是因它肉体的疼痛所致，而是它的精神出现了问题。在它的生活中，这是它第一次感到崩溃。麦克里迪曾经殴打过它——那是很久以前的事情了；它的主人又鞭打它。在这一整天里，它的耳朵里灌满了他们凶狠的报复声。然而，对它伤害最深是它的女主人伊莎贝尔。她对卡赞冷冰冰的，总是与它保持一定的距离，比拴它的皮带的长度还远呢。当他们停下来歇息或者回到露营地时，伊莎贝尔也不说话，只是看着它，目光奇怪、疑惑。难道她也准备要打自己吗？卡赞是这么想的，于是它偷偷地离开了伊莎贝尔，蜷伏在雪地里。

那天夜晚，卡赞躲在篝火边阴影的最深处，独自忧伤。谁也不知道卡赞的悲痛——只有伊莎贝尔看出来了。她没有朝卡赞走去，也没有对卡赞说话，但她在密切地观察卡赞——当卡赞盯着麦克里迪时，伊莎贝尔观察得尤其仔细。

不久，索普和妻子进了帐篷后，天降雪了。雪似乎对麦克里迪产生了影响，麦克里迪变得焦躁不安，不停地饮酒，用的是前一天的酒瓶。这让卡赞感到有些困惑。在火光里，麦克里迪的脸变得越来越红了；当他凝视女主人的帐篷时，卡赞可以看到他的牙齿闪烁出奇怪的微光。他一次次地走近那座帐篷，在那里仔细倾听。有两次，他听到了动静；最后一次的动静，是索普的深呼吸。麦克里迪急忙退到火堆边，脸直直地朝向天空。大雪纷飞，麦克里迪低下了头，一边眨巴着眼，一边擦眼睛。然后，他走到阴暗处，走向几小时前他们开拓的小径。飘落的雪几乎快把小径覆盖了。再过一小时，小径将消失，第二天啥也看不见，没人知道谁从这条路走过。到了早晨，大雪将覆盖一切，甚至包括渐渐熄灭的火堆。麦克里迪从黑暗中走了出来，他又开始饮酒了。他的嘴里蹦出了疯狂、欢喜的醉语，他的脑袋因醉酒而发烫，他的心在疯狂地跳动。当麦克里迪拿着一根棍棒回来时，他的疯狂程度几乎不亚于卡赞狂怒的样子！麦克里迪把棍棒竖着，靠在一棵树边。接着，他从雪橇上拿了一盏灯笼，将灯笼点燃，然后提着灯笼朝索普的帐篷门帘走去。

"嗬，索普——索普！"麦克里迪叫道。

没人应答。麦克里迪只听到索普的呼吸声。于是，他稍稍拉开了门帘，提高了嗓音。

"索普！"

里面依然没有动静，麦克里迪解开了门帘上的细绳，把灯笼硬塞了进去。灯光照亮了伊莎贝尔金黄色的头发，麦克里迪盯着看，眼睛像火红的煤炭在燃烧，当他发现索普醒了，便迅速地放下门帘，急忙地从外面把门帘关好。

"嗬，索普——索普！"他又喊道。

这一次，索普应答了。

"喂，麦克里迪——是你吗？"

麦克里迪稍稍拉开了门帘，低声说道：

"是的，你能出来一会儿吗？树林里那边有情况。不要惊醒你的妻子！"

麦克里迪退到一边，在外面等待。一分钟后，索普轻手轻脚地走出了帐篷。麦克里迪指着浓密的云杉丛说："我发现，有人在露营地周围，鬼鬼祟祟的。我敢肯定，几分钟前当我去取柴火时，我看到有人在那里。今晚可是偷雪橇犬的好时候。嘿——你拿着灯笼！如果我没有猜错的话，我们会在雪地里发现线索。"

麦克里迪把灯笼给了索普，然后他拾起沉重的棍棒。一声咆哮在卡赞的喉咙里响起，可又被卡赞强忍了回去。卡赞本想发出警告似的咆哮声，还想挣脱拴住它的皮带，但它知道，如果它这么做的话，他们可能会回来打它。于是，卡赞静静地躺着，浑身战栗抖动，嘴里轻轻地发出呜呜声。它注视着麦克里迪和索普，直至他们消失在视线中。卡赞等待着——它在听。终于，它听到了嘎吱嘎吱的踏雪声。卡赞看见麦克里迪独自回来了，它没有感到惊讶。卡赞知道他会独自返回的，因为它知道棍棒意味着什么。

这会儿，麦克里迪的脸看上去很可怕，像野兽的脸。他没有戴帽子，嘴里发出低沉恐怖的笑声，手里依然拿着那根棍棒。卡赞溜到了阴影的更深处。过了一会儿，麦克里迪扔了棍棒，朝帐篷走去。接着，他拉开门帘，向里面张望。伊莎贝尔正在睡觉，麦克里迪像猫似的悄悄地走了进去，他把灯笼挂在帐篷柱子的钉子上。麦克里迪的动作没有惊醒伊莎贝尔，好一会儿，他站在那里，瞪眼看着——目不转睛地盯着。

帐篷外，卡赞蜷缩在阴影深处，它试图弄明白正在发生的这些奇怪的事情。为什么主人和麦克里迪要到森林那里去呢？

为什么主人没有回来呢？那座帐篷是属于主人的，不是麦克里迪的。那么，为什么麦克里迪又在那里呢？卡赞看着麦克里迪进了帐篷，它立刻站了起来，它的背脊一下绷紧了，毛发竖起，四肢直立。卡赞看到映照在帐篷布上的麦克里迪的巨大身影，片刻后，帐篷里爆发出撕心裂肺的哭声，那是极度恐惧的叫喊声！卡赞听出是伊莎贝尔的声音——卡赞朝帐篷方向一跃而起，可拴它的皮带阻碍了它，窒息了咽喉里的咆哮声。这会儿，卡赞看到帐篷里的影子在厮斗，同时传来一声又一声的哭喊。她在呼喊索普，同时，也在呼喊卡赞！

"卡赞——卡赞……"

卡赞再次蹦了起来，结果摔得四肢朝天。接着，它第二次、第三次蹦起来，仍然挣脱不了绳索。套在卡赞脖子上的是兽皮制作的绳索，像一把刀似的割进了它的肉里。卡赞停歇了片刻，喘了喘气。帐篷里的影子仍在厮斗。卡赞发出一声凶猛的咆哮，它集全身的重量再次纵身跳起。噼啪一声，套在它的脖子上的绳索断裂了。

卡赞疾驰到帐篷前，从门帘下冲了进去。一声咆哮，它朝麦克里迪的喉咙扑去。卡赞有力的嘴颌吧嗒响了一声，与此同时，传来一声令人窒息的喊叫，紧接着以可怕的哀号结束了——那是麦克里迪发出的声音。他倒了下去，仰面朝天，卡赞的尖牙咬入了他的喉咙，越咬越深。卡赞感到热血沸腾。

伊莎贝尔试图让卡赞停止攻击，她在拉卡赞毛发蓬乱的脖子，可卡赞就是不松口——在很长的时间里一直不松口。伊莎贝尔再次朝那人望了一眼，立刻双手掩脸，一下坐在毛毯上，一动也不动了。尽管卡赞的鼻子温柔地触摸着她的脸和手，但伊莎贝尔的脸和手冷冰冰的，她闭上了双眼。卡赞紧紧地依偎着她，同时它的嘴颌转向已死的麦克里迪。为什么女主人那么平静呢？卡赞感到奇怪。

过了许久，伊莎贝尔才动了动。她睁开眼睛，手抚摸着卡赞。

这时，卡赞听到了外面的脚步声。

是主人索普来了。卡赞心有余悸——它害怕棍棒——它快速地跑向帐篷的门口。不错，主人出现在火光中——他拿着棍棒，慢慢地走来了，每走一步，都几乎要跌倒似的，鲜血染红了他的脸。不过，他手里拿的是棍棒呀！他又要打自己了——主人会因自己伤害了麦克里迪而狠狠地打自己。于是，卡赞悄悄地从帐篷门帘下溜了出去，躲进了阴影里。在浓密的云杉阴影下，卡赞回头看了看，爱与悲伤的哀鸣在它的咽喉里轻轻响起，接着又轻轻地消失了。他们一定会打自己的，甚至女主人也会打。他们会穷追到底，只要一见到就会打。

卡赞那狼似的头从火光中转向了森林深处。在那黑暗之处，没有棍棒，也没有皮鞭。在那里，人类永远找不到它。

卡赞犹豫了一会儿。然而，卡赞有着狼的血统，于是它像那些动物一样静悄悄地走了，没入了漆黑的夜晚。

第四章

成为头狼

　　卡赞溜进了黑暗神秘的森林，风在云杉树梢上响起了低吟。卡赞在露营地附近躺了几个小时，它发红肿胀的眼睛呆呆地盯着那座帐篷，在那里刚刚发生了一场可怕的事件。

　　这会儿，卡赞知道什么是死亡了。也许，它比人知道得还多些。它能在空气中嗅到死亡的气味，知道死亡就在它的周围，而它就是死亡的缘由。卡赞趴在厚厚的积雪里，身子瑟瑟发抖，由于在它的体内有四分之三狗的血统，所以它感到极度悲恸，嘴里响起哀鸣声；与此同时，它的体内四分之一狼的血统又让它的尖牙露出了凶狠，眼睛闪现出报复的怒火。

　　卡赞的主人到处寻找它，高声喊道："卡赞——卡赞——卡赞！"伊莎贝尔也一同出来寻找。火光中，卡赞看到了她那光亮的长发在肩头飘动。这会儿，她的蓝眼睛里还有那种失常的、恐惧的神色；她的脸色煞白，如地上的积雪。

　　伊莎贝尔连连呼唤着它："卡赞——卡赞——卡赞！"听到了伊莎贝尔的声音，卡赞欢快地颤动着，差一点儿就悄悄地爬过去任凭主人发落。不过，卡赞越来越对棍棒感到恐惧，它退缩了；时间一小时一小时地过去了，最后帐篷里又安静了，卡赞再也看不到他们的身影了，火堆的火也快要熄灭了。

卡赞小心翼翼地从黑暗的地方爬了出来，它的腹部贴在地面上，朝着塞满东西的雪橇匍匐前行，四周只剩下烧过的木炭堆。在雪橇的那一边，是它咬死的那个人，他被隐藏在树林里的黑暗处，一条毛毯盖在他的身上，是主人索普把尸体拖到那里的。

卡赞躺下了，它的鼻子对着温暖的炭火，眼睛径直向着关闭的帐篷门帘。卡赞想一直醒着，眼睛盯着，一旦那里有动静的话，它马上就溜进森林里。但是，由于火堆中的灰烬不时地散发出温暖，它的眼睛闭上了。两次、三次，卡赞强迫自己打起精神，睁开眼，可到最后，它的眼睛还是半睁半闭，直至双眼重重地闭上了。

卡赞进入了梦乡。它在轻轻地呜咽，腿和肩上漂亮的肌肉在抽搐，黄褐色的背脊飞快地上下抖动。如果索普看见了的话，就知道那是卡赞在做梦了。而伊莎贝尔呢，她肯定知道卡赞梦见了什么。此刻，当卡赞在睡梦中时，女主人的头正靠在索普的胸前，还不时地战栗。

在睡梦中，卡赞又扯着铁链跳过去。它的嘴颌咬得噼啪直响，像钢板的声音——响声惊醒了卡赞，它跳了起来，脊椎毛发硬得如同一把刷子，它咆哮着露出了的尖牙，像又长又弯的尖刀。卡赞醒了，正好它的主人也醒了，帐篷里有了动静。如果不逃走的话……

卡赞迅速跑进浓密的云杉丛，然后又停住了，它平趴下，隐藏起来，只从一棵树后露出头。它认为，主人不会饶恕它。索普打了它三次，就因它冲着麦克里迪又吠又咬。最后一次，如果不是女主人救了它的话，索普会朝它开枪的。如今，它撕裂了麦克里迪的喉咙，咬死了他，主人更不会放过它。就是女主人也救不了它。

卡赞感到遗憾的是，自己咬死麦克里迪后，主人索普流着血，头晕目眩地回来了；否则，自己将和女主人永远在一起。伊莎贝尔会喜欢自己的，她真的喜欢自己。自己会跟着女主人，永远保护她，如果需要的话，可为她而死。然而，索普又从森林里回来了，卡赞迅速逃之夭夭——如今，索普和所有的男人一样，意味着棍棒、鞭子，以及枪和子弹。

索普从帐篷里走了出来。天快亮了，他手提一支步枪。片刻后，伊莎贝尔也出来了，她紧紧抓着索普的手臂。他俩望着被毛毯盖住的尸体。然后，伊莎贝尔对索普说了些什么，索普突然挺直身体，仰起头，高声喊道：

"卡赞——卡赞——卡赞！"

卡赞周身哆嗦。主人在试图诱骗自己回来，他手里拿的是杀戮的武器呀。

"卡赞——卡赞——卡赞！"索普又喊道。

卡赞小心翼翼地从树背后溜走了。它知道，这个距离对索普手里拿着的索命的冰冷家伙意味着什么。卡赞再次转过头，发出轻轻的呜呜声，它最后看了看女主人，片刻间，一种莫大的思念溢满了它那发红的眼睛。

如今，卡赞明白了，它要永远离开女主人了。卡赞的心在疼痛，从未有过的疼痛，比起棍棒、鞭子、寒冷或饥饿还要疼痛，它极想仰起头，对着灰色空旷的天穹，大声叫喊出它的寂寞与孤独。

伊莎贝尔回到了露营地，声音听起来还在颤抖："它走了。"

主人声音洪亮，但也带着哽咽："是的，它离开了。它明白——可我一无所知呀。我情愿——减寿一年——要是昨天和那天晚上我没有鞭打它的话，那该多好呀。它不会再回来了。"

伊莎贝尔紧紧地搂着索普的手臂。

"它会的！"伊莎贝尔哭着说，"它不会离开我。即使它野蛮、令人生畏，但它是爱我的。而且它知道我爱它，它会回来的！"

"你听！"

从森林深处传来一声长长的嗥叫，声音充满了哀怨悲伤，那是卡赞在向女主人告别。

嗥叫之后，卡赞蹲坐了很长时间，嗅着空中既新鲜又自由的气息，看着一片漆黑的森林，黎明前的黑暗正在缓缓消失。自从那天商贩第一次买下了它，把它放在遥远的麦肯齐地带的雪橇上，它就不时地思念着这种自由，它的狼性也在催促它去争取自由。但它从未大胆尝试过。现在，它感到兴奋。这里没有棍棒，没有皮鞭，更没有让它憎恨的人。卡赞的不幸是——它有四分之一狼的血统，棍棒不但没有征服它，反而让它与生俱来的野性变得更残暴。人类成了它憎恨的对手。他们一次又一次地打它，把它打得半死。而且他们叫它"邪恶之狗"，随意践踏它，一有可能就鞭笞它。它的身上尽是他们留下的伤痕。

卡赞从未得到过善待或关爱，直到那天夜晚，女主人温暖的小手放在了它的头上，女主人的脸和它的脸紧紧地依偎在一起，卡赞才有此感受。当时索普惊恐地大声喊叫，卡赞的尖牙差一点儿咬入她嫩白的肉里，可就在那一瞬间，女主人温柔的触摸和甜美的声音通达它的周身，卡赞非常高兴，这是它第一次得到爱。而现在呢，索普把它从手无棍棒又无鞭子的女主人身边赶走了，卡赞一边咆哮，一边快步跑进森林深处。

黎明时分，卡赞到了一块沼泽地边。它一度有一种奇怪的不适感，即使黎明的光线也没有完全将此驱逐掉。在空气里，它一点儿也没有发现引起它憎恨的气息。同时，它嗅不到别的猎犬、雪橇、火堆的存在。卡赞终于脱离了人的束缚。

这里非常安静。沼泽地位于两个山脊间的一片空谷里，云杉和雪松又矮又密——由于树丛太密集，树下几乎没有积雪，白天如同黄昏似的。卡赞开始思念一些东西了，而它最想要的是食物与同伴。食物当然是必需的，但它的狗性却渴望后者。卡赞意识到，在这两座山脊间的无声世界里，它会在某个地方找到自己的同伴；但要找到同伴，它就得蹲坐下来，大声喊出寂寞与孤独。不止一次，在它的内心深处，总有个什么东西在颤抖，继而在它的喉咙里涌动，最终在那里以哀鸣之声结束。这是狼的嗥叫声，完全不是卡赞与生俱来的特性。

与嗥叫声相比，食物来得还更容易些。临近中午，卡赞在一块原木下把一只大雪兔逼入死角，它猎杀了兔子。温暖的血肉比冷冻鱼、动物油脂、麸皮更可口，美食给了卡赞信心。当天下午，它追逐着兔子，又猎杀了两只。虽然卡赞吃不完所有的猎物，但此时此刻，它感到了随意追逐和猎杀的乐趣。

当然了，兔子毫无搏斗能力，它们死得太容易了。当卡赞饥饿时，兔子肉吃起来非常香、非常嫩；可过了一段时间，猎杀兔子的快感消失了。卡赞想猎杀更大的猎物。它不再偷偷摸摸地行走了，那种动作好像它害怕什么，想躲起来似的。如今，它昂起头，脊背毛发竖立，多毛的尾巴像狼的尾巴一样随意摇摆，生命和行动有了刺激和活力，使卡赞身上的每根毛发都在颤抖。卡赞朝西北方向走去。这是早期生活记忆的召唤——麦肯齐地带距离此地有千里之遥。

那一天，卡赞在雪地里发现了许多小径，嗅到了驼鹿和驯鹿留下的气味，还有山猫的足迹。卡赞跟踪一只狐狸，小径把它引到了一处四周被高大的云杉笼罩的地方。这里，积雪被鲜血染红，被踩得乱七八糟，雪地上散落着猫头鹰的头、羽毛、翅膀、内脏。卡赞知道，在荒野之地，除它之外，还有其他猎手。

黄昏时分，卡赞在雪地上发现了足迹。这些踪迹很像自己的脚印，脚印是刚留下的，踪迹四周还有温热的气息，这使卡赞呜呜地叫了起来，它又想蹲坐下来，像狼似的嗥叫。在森林里，随着夜晚的阴影越来越暗，卡赞嗥叫的欲望也愈加强烈。

整整这一天卡赞都在赶路，但它一点儿也不累。夜晚真好，周围没有人，让它感到既兴奋又奇妙，体内的狼血流速越来越快。这天夜晚，天气晴朗，空中撒满了星星，月亮升起来了。终于，卡赞蹲坐在雪地里，头转向云杉树顶，嘴里响起了长长的、凄厉的狼嗥声，声音穿过寂静的夜晚，在方圆数公里回荡。

嗥叫之后，卡赞继续蹲坐着，听了很长时间。它发现嗓音里含有一种奇怪的、新的音符，这给了它莫大的信心。卡赞期待着回应，但没有结果。卡赞是迎风行走的，正当它嗥叫时，一头公驼鹿急匆匆地穿过它前面的矮树林，鹿角打在树枝上发出了啪嗒啪嗒的响声，像是一根光滑的桦树棍在不停击打似的。

卡赞又嗥叫了两次，然后才继续前行。在练习这种新的音符时，它感到很快乐。不久，卡赞到了一座崎岖不平的山脊脚下，它便离开了沼泽地，转身朝山脊顶走去。在那里，星星和月亮离它更近了，卡赞站在山脊的另一面，俯身望着一大片绵延的平原，冰冻的湖面在月光下闪闪发光，一条白色的河流一直通往树林里，那里的林木没有沼泽地里的树丛那么密集，也没有那么黑暗。

这时候，从遥远的平原传来了叫声，卡赞身上的每块肌肉渐渐绷紧了，身上的血脉在跳跃——这是像自己一样的狼嗥声。卡赞的嘴颌在噼啪地咬动，白色尖牙闪烁着微光，喉咙里响起了低沉的咆哮。卡赞想应答，可某种奇怪的本能劝它别这么做。这种野性本能已经控制了卡赞。在空中，在云杉树顶的飒飒风声里，在月亮和星星中，有一个精灵在悄声低语，它对卡赞说，它所听到的是狼在嗥叫，可不是狼的呼唤声呀。

一小时后，又传来清晰的嗥叫声；起初，听起来像同样的悲鸣，但当声音结束后，却断断续续地嗥叫起来，变得快速尖利，搅动着卡赞的血液，使它立刻感到从未有过的火热般的兴奋。它本能地意识到，这是呼唤声——狩猎的呼唤。这是在催促它赶快过去。几分钟后，这种声音又响起了，不过，这一次是回应之声，来自离它不远的山脊脚下；接着，从很远的地方又响起了回应声，因为太远了，卡赞很难听得清楚。原来狩猎的群狼正在聚集，准备夜晚捕猎。然而，卡赞却静静地坐着，它的身子在战栗。

卡赞并不害怕，只是它还没有准备好呢。在卡赞看来，这座山脊似乎把世界分为两地。一面是无人的地带，又新鲜又陌生；而山脊的另一面呢，卡赞似乎感到什么东西在拉它回去。卡赞忽然扭过头，它的目光穿过洒满月光的空间，凝视着身后的地方，嘴里响起了呜呜声。这是狗的哀鸣。女主人就在它身后的地方，卡赞可能听到了她的声音，可能感觉到了她那温柔的触摸；它也可能看见女主人的脸和眼睛在笑，那笑声让卡赞感到温暖和幸福。女主人在呼唤它，声音穿过了森林。卡赞犹豫了，它渴望回应女主人的呼唤，但又想走下去，进入平原地带。与此同时，卡赞仿佛看见了许多人手持棍棒正等着它，仿佛听到了皮鞭的噼啪声，感到了皮鞭抽过的刺痛。

卡赞一直待在山脊顶上，那是划分自己生活世界的地方。过了很长时间，卡赞最终还是转过身，走了下去，进入了平原。

那天夜晚，卡赞一直在离狩猎群狼不远处，但它靠得不太近。幸好卡赞这么做了。虽然它忍受得住拉雪橇的挽绳和人的气味，但它知道群狼闻到这些气味会把它撕成碎片的。自我保护是野生动物的第一本能。这也可能是荒野地带的祖先们年复一年的低声耳语的缘由吧。

当天夜晚，群狼在湖边猎杀了一头驯鹿，并一直享用到临近拂晓时分。卡赞迎风蹲坐着。血腥味、温热的肉香味弄得它的鼻孔发痒，骨头迸裂声在它敏锐的耳边萦回，可卡赞本能地抵御住了诱惑。

卡赞一直等到天大亮时，群狼在平原上四散而去后，才大胆地走到猎杀现场。它发现，鲜血染红了雪地，地上散落着骨头、内脏、撕成碎片的坚硬兽皮，除此之外，没留下任何肉。不过，这些东西足够了，卡赞将鼻子埋入残物里。整整这一天，它待在现场附近，浑身满是血腥气味。

当天夜晚，当月亮、星星又出来时，卡赞蹲坐着，它再无恐惧和犹豫了，它要向大平原的新伙伴们宣告自己来了。

这天夜晚，群狼又出现了。也许是另一群狼吧，它们在数公里远的南边开始狩猎了。这时，一头母驯鹿突然来到了冰封的大湖。夜晚天气晴朗，几乎如同白昼，卡赞在森林边第一次看到驯鹿跑在湖面上，距离它约三百米远。疯狂奔跑的群狼大约有十二头，它们分散开来，形成了致命的马蹄阵形，两只领头狼几乎同猎物并肩奔跑，同时它们在慢慢地收拢阵形。

一声尖利的嗥叫后，卡赞飞奔进月光里。它直接进入了母驯鹿逃离的线路，并以闪电般的速度向驯鹿逼近。距离卡赞两百米远时，母驯鹿看见了卡赞，便向右急转，在这边的头狼立刻张开嘴颌迎了上去。卡赞与第二只头狼一同跃起，扑向母驯鹿的软喉部位。群狼的咆哮声起伏不已，它们从后面围了上来。母驯鹿跌倒了，卡赞半个身子被压在驯鹿的身子下，它的尖牙深深地咬进驯鹿的颈部。母驯鹿虽然重重地压在卡赞的身上，可卡赞并没有松口。这是它第一次猎杀大猎物，体内的血像火一样燃烧，咬紧的牙缝里蹦出了咆哮声。

卡赞一直等到母驯鹿的身子停止抖动后，才把自己从驯鹿的胸部和前肢下拽了出来。这一天卡赞已猎杀了一只兔子，它不觉得饿。于是，它蹲坐在雪地里，等待着，与此同时，贪婪的群狼撕扯着已死去的母驯鹿。过了一会儿，卡赞走了过来，离群狼更近了些；紧接着，它小心翼翼地从两头狼之间走过去，却因走得太近而被轻轻地咬了一下。

正当卡赞一边往回退缩，一边在犹豫是否同这些疯狂的兄弟们混在一起的时候，突然间，一头大灰狼从群狼中跳了出来，径直扑向它的喉部。卡赞及时甩动肩部对付大灰狼的攻击，好一会儿，它俩在雪地上翻来滚去，接着又站了起来。这场突如其来的厮斗刺激了其他灰狼，把它们从驯鹿大餐中吸引了过来。慢慢地，群狼围过来了，个个露出白色尖牙，微黄色的脊背毛发像刷把似的竖立。两个斗士被群狼紧密地围住了。

对卡赞来说，这不是头一次厮斗了。它多次蹲坐在这种圈内，等待最后的时刻。不止一次，它在这种圈里拼命厮斗，是用雪橇犬的打斗方式。如果不是有人用棍棒或鞭子中断厮斗的话，其结局就是死亡。只有一个斗士能够活下来，有时候，厮斗双方都战死了。而这里，没有人类介入——只有致命的包围圈和露出白色尖牙的恶魔，它们在等待，只要谁先被击倒，不管是仰面朝天，还是侧身倒地，它们就会扑上来，把摔倒者撕成碎片。卡赞虽然是新来者，但它丝毫不畏惧围在它身边的恶魔。在群狼中，有个重要的规矩：大家必须遵守公平原则。

卡赞全神贯注，盯着向它挑战的领头大灰狼。它俩肩对肩，不停地绕着圈。四周静默无声，一场血肉横飞的厮斗即将上演。如果是轻脚行走的南方混血狗的话，它们会咆哮怒吼，但卡赞和大灰狼没有吭声，耳朵朝前而不是往后耷拉，多毛的尾巴不停地摆动。

忽然间，大灰狼发起了进攻，快如闪电，它的嘴颌也同时跟进，响起了钢铁撞击般的清脆声音。就差三厘米它们就相互撞上了。与此同时，卡赞猛冲过去，攻击其侧面，它的牙齿像一把刀子似的划过大灰狼的侧腹。

接着，卡赞和大灰狼又开始绕圈，它们的眼睛变得越来越红了，嘴唇向后咧开，越张越大。紧接着，卡赞一跃而起，拼命想咬住大灰狼的喉咙——却扑了空；大灰狼扳回一局，如出一辙，它撕裂了卡赞的侧腹，血顺着卡赞的腿流下，染红了积雪。侧腹伤口的灼疼让卡赞发现，它的对手是厮斗游戏中的老手。于是，卡赞低身蹲伏，头直直地抬起，喉部靠近积雪。这是卡赞在幼犬时期学到的诡计——保护喉咙，等待时机。

大灰狼围着卡赞绕行了两圈，卡赞随之慢慢移动，眼睛半闭半张着。大灰狼第二次跳了起来，卡赞猛地扬起它那尖利的牙，满以为这次会致命地咬住大灰狼的前肢部位。然而，它的尖牙却咬空了，大灰狼如猫那样敏捷，从卡赞的脊背上方顺利地溜掉了。

　　此计不成，卡赞的喉咙里响起隆隆的犬吠声，它纵身跳起，蹦到了大灰狼跟前。此刻，它俩胸对胸，碰在一起，尖牙响起了砰砰的撞击声；卡赞以整个身体的重量，猛地扑向大灰狼的肩部，同时再次朝大灰狼的咽喉部位咬去。可惜又咬空了——差之毫厘——大灰狼没等卡赞恢复体位，它的尖牙咬进了卡赞脖颈部。

　　在卡赞的一生里，它首次感到被死亡拽住不放的恐怖感。它使足力，甩头乱咬一气。它那有力的嘴颌一口咬住了大灰狼的前腿，只听见骨头噼啪破裂的声响。那些围成圆圈等待的群狼变得既紧张又警觉。总有一个斗士肯定撑不到扭打结束时就会倒下，群狼正期待着那种致命的倒地，那是个信号，可让它们一拥而上，扑向倒地的斗士。

　　幸好卡赞的脖颈部毛发密集、肌肉强健，否则难以逃脱失败的命运。大灰狼的尖牙咬得很深，但还没有咬到要害处；突然间，卡赞用尽四肢所有的力量，身体猛地从它的对手身下朝上冲起来。咬住它颈部的嘴颌松开了，卡赞的后肢随之腾空跃起，完全摆脱了大灰狼。

　　卡赞围着断腿头狼旋转，速度快得如皮鞭鞭打似的；同时，它全速腾跃，用肩部朝大灰狼侧面撞击。有时候，卡赞发现在恰当之时用力撞击，比咬住咽喉还可怕得多。此时此刻，卡赞的撞击太可怕了。大灰狼没有站稳，仰面滚倒在地，群狼冲了进来，急不可待地夺取了头狼的生命，它的统治就此结束了。

卡赞从灰色的、咆哮的、嘴唇满是鲜血的群狼中退了出来，它喘着气，流着血，感到软弱无力，异常难受。它想躺在雪地里。不过，由来已久的、千真万确的直觉告诫它不要暴露这个弱点。这时候，从群狼中走出来了一头苗条轻盈的母灰狼，它朝卡赞走来，在卡赞前面的雪地上就地卧下；接着，它又迅速站了起来，嗅了嗅卡赞的伤口。

这头母狼年轻、健壮、漂亮，可卡赞没有理睬它，它的眼睛一直盯着厮斗的地方，看着那只老头狼所剩无几的尸骸。群狼已经返回驯鹿盛餐之处，卡赞再次听到了骨头的断裂声和皮肉的撕裂声，它意识到，从此以后所有的荒野动物都会听见并且能够识别它的声音了，一旦它蹲坐下，对着月亮和星星嗥叫，这些大平原上的疾行猎手都会群起响应。卡赞围着驯鹿和群狼绕了两圈，然后朝黑色的云杉林边一溜小跑而去。

卡赞到了阴影遮蔽处，它回头望去，发现母灰狼一直跟着它，仅在它的身后几米远。这会儿，它走到卡赞跟前，看上去有点儿胆怯；它也回头望去，看了看在湖面上的群狼。灰狼站在它的身边，卡赞嗅到了空气中的一种气味，这既不是血腥味，也不是香脂树和云杉的气味，这种气味好像来自清澈明亮的星星，来自万里无云的月亮，来自夜晚美妙的静谧。这种气味似乎是灰狼的一部分。

卡赞看了看灰狼，发现它的眼睛流露出警觉和质疑的神色。灰狼还小——很年轻，它似乎还没有完全进入成年期。不过，它的身体健壮，体形既苗条又漂亮；在月光下，它的颈部和脊背上的毛发显得光滑柔软。对着卡赞眼里闪烁出的凝视红光，灰狼发出了呜呜叫声，听起来不像是小狗的呜咽声。卡赞朝它走去，然后又站住了，头越过灰狼的背脊，面向着群狼的方向。灰狼靠在卡赞的胸前，卡赞感觉灰狼在颤抖；它又看了看月亮和星星，灰狼与夜晚之谜在卡赞的血液里悸动。

卡赞没有在驿站生活多长时间，它的大部分光阴都在小径上——在驾驭雪橇途中度过，它也有过交配期搅扰的情绪，但那发生在遥远的地方。现在，相同的情形就在咫尺之间。灰狼抬起头，它用柔软的鼻头触摸着卡赞脖子上的伤口，它一边温柔地摩挲，喉咙里同时响起轻轻的声音。卡赞又感觉到了，又听见了，有点儿像女主人的美妙爱抚，也有点儿像女主人美妙的声音。

卡赞转过头，嘴里发出呜呜声。此刻，它的脊背毛发竖起，头昂起，轻蔑地面对着荒野地带。灰狼快步跟在它的身边，它们一道进入了幽暗的森林。

第五章

雪地厮斗

那天夜晚，卡赞和灰狼在浓密的香脂丛里找到了栖身之处。当它们躺在柔软的、没有积雪覆盖的一层针叶上时，灰狼温柔地依偎在卡赞的身边，舐着卡赞的伤口。

天亮了，此时下起了雪，白雪弥漫，如柔软的羽毛一般落了下来，即使在空旷之地也难看清楚十几米外的地方。四周很温馨，非常安静，整个世界似乎只有雪花落下的飒飒声。这一天，卡赞与灰狼一直肩并肩行走。卡赞不时地扭过头，望着它曾经越过的山脊。灰狼对卡赞喉咙里发出的颤抖音符感到疑惑。

当天下午，它们返回到猎杀母驯鹿的湖面附近。灰狼在森林边缘犹豫不前。虽然它还不知道毒诱饵、陷阱、圈套的用途，但本能让它意识到，再次回到已经变得冰冷的残骸边，一定会有危险。

卡赞曾见过主人处理群狼留下的尸骸。它还见过他们如何巧妙地遮盖捕猎圈套，如何把士的宁小胶囊搅入内脏的脂肪里。有一次，它把一只前腿伸进了圈套，领教了被圈套死死夹住的剧烈刺痛。所以，卡赞并没有灰狼那样的恐惧，它催促灰狼陪同它去冰上的白色小丘，最终，灰狼同卡赞一道去了。但到了之后，灰狼不安地蹲坐着，而卡赞掏出了骨头和一块块肉，这些东西因雪的保护还未冻成冰。灰狼不愿意吃这些东西，卡赞只好走过去，蹲坐在它身边，和它一起看着从积雪下掏出的东西。卡赞嗅了嗅空中的气味，但它没能够察觉到危险，不过灰狼的行为让它意识到危险可能会出现。

随后，无论是白天还是夜晚，灰狼让卡赞知道了许多别的事情。在第三天夜晚，卡赞开始召集捕猎群狼，带领它们追捕猎物。在那一个月里，在下弦月消失之前，卡赞一共三次领头追捕猎物，每次都有斩获。不仅如此，当脚下的积雪变得越来越松软时，卡赞对灰狼的陪伴愈加感到愉快，它们并肩狩猎，靠着猎食大雪兔过日子。在这个世界上，卡赞只喜欢有闪亮头发的、用手抚摸它的女主人，还有灰狼，除此之外，它谁也不喜欢。

卡赞没有离开大平原，它经常带着配偶灰狼到山脊顶端，试图让它知道在它身后的地方有自己的过去。深夜时分，卡赞想呼唤女主人的心情变得如此强烈，以至于期望回到女主人的身边，而且是带着灰狼一道回去。

没过多久，发生了一件事。一天，它们正穿过开阔的平原，往山脊坡上爬去，突然，卡赞看到了什么东西，让它的心停滞了跳动。有人带着雪橇和一队雪橇犬进入了它们的世界。卡赞一下看见那人手里拿着的什么东西在闪光。它知道，那东西会吐火，意味着响雷、杀戮。

卡赞提醒灰狼，它们像风似的快速跑开了。接着，传来了枪响声——卡赞对人的仇恨迅疾地迸发出来。奇怪的嗡嗡声在它们的头上响起；接着，后面传来了响声，这次是灰狼发出的痛苦尖叫，它在雪地里滚来滚去。片刻间，灰狼又站了起来，卡赞殿后，它们又跑起来，最后到了树林的隐避处。灰狼躺倒在地，开始舔着肩部上的伤口。卡赞面对着山脊。那人出现了，他在灰狼倒下之处停下来，查看地上的积雪，然后朝这边走来。

卡赞催促灰狼赶快起来，它们朝冰湖附近密集的沼泽地奔去。整个这一天，它们一直迎风行走；每当灰狼躺下时，卡赞便偷偷地回到走过的地方，看一看，嗅一嗅空中的气息。

此后的几天里，灰狼只能一瘸一跛地跑动。一天，它们来到一座露营地的遗址，卡赞露齿咆哮，憎恨留在这里的人味。在卡赞的体内，渐渐滋生了复仇的欲望——为自己的疼痛、为灰狼的受伤复仇。它试图从积雪遮盖下的地面嗅到那人的踪迹。可灰狼却十分焦急，它在卡赞周围转来转去，想让卡赞进入森林深处。最终，卡赞还是不情愿地跟着灰狼走了，它的眼睛里流露出狂怒发红的神色。

三天后，新月出来了。第五天的夜晚，卡赞突然发现了踪迹。这个踪迹是新出现的——简直像刚留下似的，卡赞一下停住了，仿佛是它在跑动时，突然被一颗子弹击中了似的。卡赞站立着，身体上的每块肌肉在颤抖，每根毛发竖了起来。这是人的踪迹，有雪橇的印迹、狗的脚印，还有它的仇敌穿的雪靴印。

卡赞昂起头，对着星星，它的喉咙里隆隆地滚出了狩猎的呼叫声，声音越过了广阔的平原——这是呼叫群狼的怒吼。卡赞的呼叫声从未像今晚这样注入了野蛮残暴的成分。一遍又一遍，卡赞发出呼叫；接着，一声又一声，传来了回应；最后，灰狼蹲坐下，也与卡赞一道嗥叫。这时候，在平原遥远之处，有一个精瘦的白人，他让筋疲力尽的雪橇犬停下，仔细倾听。与此同时，从雪橇上传来微弱的声音："是狼呀，父亲。它们是来——追逐我们吗？"

那男的沉默无声。他已经不年轻了。月亮照亮了他那又长又白的胡须，让他又高又瘦削的身影显得既奇怪又好笑。雪橇上有个姑娘，她从熊皮枕头上抬起头，黑色眼睛里闪烁着美丽的星光。姑娘的脸色苍白，光亮浓密的头发垂落在她的肩膀上，她的怀里紧紧地抱着什么东西。

"它们在追逐什么猎物——可能是鹿吧，"那男人一边说，一边看了看步枪的后膛，"不用担心，琼，我们将在下一个矮树丛中停下来，看一看能否找到足够多的干柴。喂—啊—嘿—嘿—嘿，伙计们！库什——库什……"他的鞭子在雪橇犬的脊背上方甩响。

从女子怀里抱着的包袱里传来微弱的哭泣声。平原的遥远处断断续续响起了群狼的回应。

最后，卡赞踏上了复仇的小径。起先，卡赞慢慢地奔跑，灰狼紧紧地跟在它的身边；每走三四百米远，卡赞便发出呼叫声。不久，一条灰色的影子从后面跳到它们的中间——另一头灰狼跟随其后；接着又有两头狼从侧面过来，群狼的狂吼乱叫声淹没了卡赞孤独的嗥叫。狼的数目在增加，越来越多，奔跑的速度也越来越快。四——六——七——十一——十四，此时，群狼出现在宽阔、多风的平原上。

这是一队强势的狼群，个个都是无畏的老猎手。灰狼最年轻，它一直紧跟在卡赞的身边，没有看见卡赞发红的眼睛和湿漉漉的嘴颌。即使看到的话，它也不会理解的。不过，野性的情绪既奇怪又神秘，致使卡赞只记得疼痛和死亡，忘却了所有别的事情。对此，灰狼感觉到了，也为之兴奋。群狼没有弄出声响，只有喘气声和许多脚步的轻快落地声。它们跑得很快，相互靠得近；卡赞总是飞奔在前，灰狼跑在它的肩旁。

卡赞从未像现在这样燃起杀戮的欲望。它第一次不怕人了，不畏惧棍棒和鞭子了，也不恐惧那个吐火索命的东西。它跑得更快了，目的是要赶上他们，尽早与他们打斗。卡赞在人的手里被奴役和虐待了四年，如今所有这些压抑的狂怒在它那火红的血管里得以释放。终于，在卡赞的前面，在平原上遥远之处，卡赞看到了一个移动的大斑点，它的喉咙立刻发出了灰狼听不懂的声音。

那个大斑点在移动，距离斑点四百米远之处是稀疏排列的树林。卡赞和它的追随者全力以赴地快速奔驰，在去树林的半途上，群狼几乎快要追到移动的大斑点了。突然间，斑点停住了，它在雪地里变成了一个黑色的、一动不动的影子。从那里飞出了卡赞一直畏惧的、闪电般的火舌。卡赞听到头顶上响起了死亡之弹发出的嘶嘶声。但如今，卡赞不怕了，它尖声嗥叫；同时，群狼疾速奔跑，有四头狼与卡赞肩并肩地跑在一起。

第二道火舌闪光了——一头硕大的灰色斗士在灰狼身旁被击中了，子弹从它的胸部一直穿到了它的尾巴。第三道，第四道，第五道，火舌从黑影那里一一迸发出来，卡赞突然感到有个红色的东西迅速擦过自己的肩膀——那人的最后一颗子弹刮掉了卡赞的毛发，刺痛了它的肉体。

在步枪的射击下，群狼里有三头狼倒下了，其余的狼有一半急忙转向右侧或左侧。而卡赞依然向前飞奔，忠实的灰狼紧随其后。

卡赞还未冲到那人跟前，就看到他握住步枪，那样子就像手里拿着棍棒似的；雪橇犬的缰绳已经解开了，卡赞首先对付的是一群好斗的雪橇犬。卡赞和灰狼这对情侣凶猛顽强，卡赞像恶魔似的打斗，灰狼的尖牙咬得嘎巴直响。紧接着，有两头狼冲了进来，卡赞又听到了可怕的步枪砰砰的射击声。对卡赞来说，那支枪就是棍棒。它想够到那根棍棒，想抓住手持棍棒的那个人。卡赞摆脱了那群打斗的雪橇犬，朝雪橇跳去。这时候，卡赞发现雪橇上似乎还有个人，它立刻扑了过去，嘴颌深深地咬了一口，然而，它咬住的是柔软毛茸的东西。卡赞张开嘴颌，准备再咬下去。可就在此刻，卡赞听到了响声！那是她的声音！卡赞身上的每块肌肉都静止不动了，如同身上的肉体变成了毫无生气的石块。

是她的声音！熊皮毛毯往后掀开了，毛毯下藏着的是什么呢？现在，在月亮和星光下，卡赞看得清清楚楚。与人脑理性的推理相比较，卡赞本能的反应要快得多。这人不是它的女主人，可是，声音听起来是一样的。那女子的脸距离卡赞血红的眼睛非常近，卡赞看见了那脸上流露出自己所熟知的、喜爱的那种神秘物质。卡赞还看见了她紧抱在怀里的东西，从那里传来既奇怪又让它震撼的哭声。卡赞明白了，它在雪橇上找不到敌意和死亡，只有要把它拽回山脊那边另一世界的声音和神秘物质。

转瞬间，卡赞转过身，猛地向灰狼的侧腹咬去，灰狼惊讶地叫了一声，一边朝后退。这一切皆发生在片刻之间，而那人几乎快要倒下了。卡赞冲了过去，它冒着会被步枪击中的危险，迎面撞入剩下的群狼中，像刀子似的尖牙朝群狼又切又割。如果说卡赞在与雪橇犬打斗时像一个恶魔的话，这会儿，它与群狼厮斗时似乎抵得上十个恶魔。那人流着血，随时有倒下的可能，他踉跄着退到雪橇那里，惊讶地看着正在发生的事情。灰狼见到卡赞撕咬群狼，阻止群狼攻击时，立即去帮助卡赞，加入了这场它不理解的厮斗。

厮斗结束了，卡赞与灰狼独自留在了平原上。群狼溜进了黑暗之处，卡赞意识到，如果它再对着天空嗥叫的话，这些平原上的野狼兄弟们将不会响应了。

卡赞受伤了。灰狼也受伤了，但它没有卡赞的伤势那么严重。卡赞的皮肉撕裂了，在流血；它的一条腿被咬伤了，伤得不轻。过了一会儿，卡赞看到森林边生起了一堆火。卡赞想爬过去，旧日的呼唤不停地侵袭着它，它想感受那姑娘的手在它头上的触摸，就像以前在山脊那边感受另一只手的触摸似的。卡赞本来会过去的——它本来会催促灰狼一同去的——可那男的在那里呀。卡赞发出了轻轻的呜呜声，灰狼用温暖的鼻头用力推着卡赞的颈部。卡赞和灰狼都意识到，如今它们无家可归，平原、月亮、星星都不喜欢它们。它们悄悄地溜进了阴暗的地方，进了森林的掩蔽处。

卡赞没走多远。当它躺下时，依然能够嗅到露营地的气味。灰狼紧紧地依偎在它的身边，它柔软的舌头轻轻地舔着卡赞流血的伤口。卡赞抬起头，对着星星发出轻轻的呜呜声。

第六章

琼

在雪松和云杉林边，老皮埃尔·雷迪森生起了火堆。他受伤了，十几处伤口在流血，这是群狼的尖牙咬伤的；此外，他感到胸口非常疼痛，那是他的老毛病，只有他才知道其中的原因。老皮埃尔把原木一根根地拖过来，堆放在火上，又在附近堆积了柴火，以备夜间使用。

琼在雪橇那里看着他，她仍然感到恐惧，双目圆睁，身子在颤抖。她怀里一直抱着孩子。她的头发又长又浓密，遮掩了她的肩膀和手臂，像有光泽的黑色面纱；当她移动时，面纱在火光中闪烁。虽然她已做了母亲，但看起来像个孩子。

老皮埃尔笑了，他扔下了最后一抱柴火，站着大口喘气。

"真险呀，亲爱的，"老皮埃尔透过白色胡须，喘着粗气，"我们在平原那里险些丢了命，但愿今后一路平坦。不过，现在我们轻松了，暖和了。嗯？别害怕。"

老皮埃尔在女儿身旁坐下，他轻轻地拉开柔软的皮毛，这张皮毛遮盖着琼怀抱的包袱。他可以看到小婴儿粉红色的脸颊。母亲琼的眼睛像星星那样闪亮。

"是这孩子救了我们，"琼低声地说，"雪橇犬被狼撕碎了，我看见群狼向你扑去，其中一头狼朝雪橇冲过来。起初，我以为它是一只狗，原来是一头狼。它撕咬了我们一下，但熊皮救了我们。那头狼差一点儿就咬住了我的喉咙，可就在这时，孩子哭了，那头狼当场站住了，发红的眼睛距离我们不到半米远。我敢再次肯定，它是一只狗。紧接着，它转过身，跟群狼打斗。我看到它跳起来，扑向一头差点儿咬住你喉咙的狼。"

　　"它是一只狗，"老皮埃尔一边说，一边伸出手向火上取暖，"这些狗经常离开驿站，四处漫游，与狼为伍。我的狗就干过这种事。亲爱的，狗就是狗，无论是踢它，还是虐待它，都一生难改其习性，甚至狼也改变不了它——永远如此。这只狗是群狼中的一员。它和群狼一起过来——目的是杀戮，但当它发现我们时……"

　　"它为我们而打斗，"琼低声地说。她把婴儿包袱给了老皮埃尔，便站了起来。在火光里，她的身子看上去直直的，又高又苗条。"它为我们而打斗——受了重伤，"琼又说道，"我看见它拖着身子离开了。父亲，如果它在那里——会死去的……"

　　老皮埃尔站了起来。他咳嗽了，咳得声音颤动，但他尽力用胡须掩饰其声音。深红色的斑点随咳嗽声出现在老皮埃尔的嘴唇上，琼没有发现。在这六天里，他们从文明世界的边缘出发，一直行走，可琼却什么也没有发现。由于咳嗽，还咳出了血渍，这让老皮埃尔比往常更急着赶路了。

"我一直在想着此事，"老皮埃尔说，"它伤得很重，我想它走不了多远。你抱好孩子，靠近火堆坐着，等我回来再说。"

天上星光灿烂，老皮埃尔走到平原上。他从森林边缘没走多远，就到了一小时前群狼追上他们的地方。他在那里驻足站立了一会儿。他的四只雪橇犬无一幸免，尸首僵硬地躺在那儿，血染红了雪地。老皮埃尔看着它们，身子直打哆嗦。如果不是雪橇犬先抵挡了群狼，那么他自己、琼，还有孩子将会变成什么样儿了呢？老皮埃尔转过身，又干咳起来了，血咳到了他的嘴唇上。

在他的一旁，离他几米远处，老皮埃尔发现雪地里留下了那只陌生的狗的踪迹。这只狗同群狼一道过来的，当一切似乎已成定局之时，它转而与群狼厮斗。这只狗的踪迹不是一道干净利落的跑动线路，更像是在雪地里的一条垄沟，老皮埃尔循踪而去，以为在踪迹尽头处就是那只狗的死尸。

卡赞拖着自己受伤的身子到了森林边的隐蔽处。它在那里躺了很长时间，但它依旧保持警觉，注意周边的动静。卡赞并不感觉非常疼痛，但它无力站立起来，腹部两侧似乎麻木无力。灰狼蜷伏着，紧靠在卡赞的身边，不时嗅着空中的气息。它们可以闻到露营地的气味，卡赞能够分辨出有两个人，一男一女。它知道那姑娘在那里，透过云杉和雪松可以看到火光在闪耀。卡赞想去找她。它想拖拽着身子靠近火堆，并带上灰狼，去听那女子的声音，感受她的手的触摸。可是，那男人在那里，在卡赞看来，那就永远地意味着棍棒、鞭子、痛苦和死亡。

灰狼轻轻地发出呜呜声，催促卡赞同它一道逃到森林里更远的地方。不过，灰狼终于明白了，卡赞不能动弹了；它紧张地跑到平原上，又折返回来，直至踩出了一道小径，上面留下了它密密麻麻的足迹。伴侣的本能在灰狼体内很强势。它看到老皮埃尔沿着它们的踪迹走了过来，便迅速地跑回到卡赞身边，提醒卡赞。

卡赞嗅到了气味，看见一个朦胧的身影穿过星光走了过来。卡赞试图拖着身子退回去，但它只能一点一点地移动。那人走得很快，越来越近了。卡赞发现他手里的步枪在闪光，还听到了他的咳嗽声和踩在雪地上的脚步声。灰狼和卡赞肩并肩蜷伏着，它的身子在颤抖，露出了尖牙。老皮埃尔靠近了，当他距离它们不到五十米远时，灰狼偷偷地溜进了云杉的阴影深处。

老皮埃尔停住了，低头看着卡赞；这时候，卡赞凶狠地露出了尖牙，它使劲拽起身子想站立起来，可又向后倒在雪地上。老皮埃尔把步枪斜靠在一棵小树上，然后毫不畏惧地弯下腰，低下头，看着卡赞。卡赞一声嚎叫，冲着老皮埃尔伸出的手咬去。不过，让卡赞感到意外的是，老皮埃尔并没有捡起树枝或棍棒。老皮埃尔又小心翼翼地伸出了手，同时开口说话了，但他的话音让卡赞感到陌生。卡赞再次厉声咆哮。

老皮埃尔坚持不懈，不停地在讲话。他戴着露指手套的手摸了一下卡赞的头，马上又把手抽回来，险些被卡赞的嘴咬住。接着，老皮埃尔一次又一次伸出手，卡赞感到被触摸了三次，但这种触摸既不是威胁，又没伤害到自己。最后，老皮埃尔转过身，沿小径回去了。

老皮埃尔消失了，也听不到他的声音了。此时，卡赞发出了呜呜声，隆起的脊椎平塌下去了。它沮丧地望着火光，那人没有伤害它，它体内四分之三狗的血统使它渴望随那人而去。

灰狼回来了，它站立着，四肢直挺挺地立在卡赞的身边。以前，灰狼随群狼在平原上追赶过雪橇，除此之外，它还从未与人距离这么近。它无法理解卡赞的感受。狼的本能告诫它：人是万物中最危险之物，其可怕程度甚于最凶的野兽、暴风雨、洪水、寒冷和饥饿。可是，这人没有伤害它的伴侣。灰狼嗅了嗅卡赞，嗅了嗅被戴着露指手套的手触摸过的背和头部。然后，灰狼又快步跑进黑暗里，因为它又看见在森林边有物体移动的迹象。

那男人回来了，一同来的还有那姑娘。她的声音温柔甜美，她的身上散发出成年女子的气息和温度。男人站立着，好像有所防备，但他变得不可怕了。

"小心，琼！"他在提醒那姑娘。

琼双膝跪在雪地上，跪在卡赞刚好够不到她的地方。

"来吧，伙计——过来吧！"琼伸出手，轻轻地说。卡赞的肌肉在抽搐。卡赞以前熟知的、旧日的光亮和温柔的爱，如今都从琼的眼睛和面容里流露出来了。此时此刻，继伊莎贝尔之后，又一个女子进入了卡赞的生活，她有着光亮的长发和明亮的眼睛。

卡赞朝前移动了几厘米。

"来吧！"琼轻声地说，一边看着它移动，一边微微弯下腰，伸长她的手。终于，琼触摸到了卡赞的头。

老皮埃尔跪在琼的身旁，他正在拿出什么东西，卡赞嗅到了肉味。琼的手让卡赞战栗发抖，当琼抽回手，催促卡赞跟她走时，卡赞便拖着身子，痛苦地在雪地上一点点爬行。直到这时，琼才发现它的腿受伤了。刹那间，琼忘了一切顾忌，立刻走到卡赞跟前。

"它不能走路了，"琼大声说，她的声音突然颤抖起来，"你瞧，父亲！这里有一道可怕的伤口，我们得抬着它。"

"我猜对了，"老皮埃尔答道，"所以我带来了毛毯。我的天呀，听，是什么声音？"

从黑暗的森林里传来了低沉的哀嚎。

卡赞抬起头回应，喉咙里响起颤抖的哀鸣。那是灰狼在呼唤它。

这真是个奇迹，老皮埃尔竟然用毛毯把卡赞裹起来，带进了露营地，卡赞既没有抓，也没有撕咬。琼托住毛毯的一端，她的胳膊同时搭在卡赞毛茸茸的颈部。琼和老皮埃尔把卡赞放在靠近火堆的地方。过了一会儿，老皮埃尔端着温水来了，他用水冲洗卡赞伤腿的血，然后在伤口上放了些什么东西，使卡赞感到柔软、温热、舒服；最后，老皮埃尔用布块把伤口包扎起来。

对所有这些，卡赞既感到陌生，又觉得新鲜。老皮埃尔和那姑娘的手抚摸着它的头。老皮埃尔给它送来了稀粥和牛油，让它吃下去；与此同时，琼坐着，双手托着下巴，望着卡赞，与它说话。卡赞感到很舒服，不再害怕了。不过就在此时，它听到了哭声，它猛地抬起了头，那声音不大，但听起来奇怪，是从雪橇上的毛茸茸的包袱那里传来的。

琼看见了卡赞的动作，听到了从卡赞咽喉里响起的低沉应答的呜咽声。琼马上转过身，对着包袱柔声细语地讲话，同时把包袱抱在怀里，拉开上面的熊皮，以便让卡赞看得清楚。卡赞从未见过婴儿，琼就把婴儿抱到它跟前，好让卡赞可以直视，看一看婴儿是多么美妙的动物。婴儿粉红色的小脸凝望着卡赞，小小的拳头伸了出来，朝着卡赞发出了奇怪的细小声音；然后，婴儿突然又踢又叫，笑了起来。这些声音让卡赞全身松弛了，它拖着身子到了琼的脚下。

"瞧瞧吧，它喜欢这个孩子！"琼高声喊道，"父亲，我们得给它取个名字。该叫它什么呢？"

"等到天亮后再说吧，"老皮埃尔答道，"时间不早了，琼，进帐篷里睡觉吧。我们现在没有雪橇犬了，走得不会很快，我们必须尽早出发。"

琼转过身，手放在帐篷门帘上，说："它和狼一起来的，我们就叫它狼吧。"琼一只胳膊抱住婴儿，另一只手伸向卡赞。"狼！狼！"她轻轻地呼叫着。

卡赞看着琼。它知道琼在同它说话，它拖着身子，朝琼挪动了半米。

"它已经听懂了！"琼高兴地说，"晚安，父亲。"

琼进了帐篷。老皮埃尔一直坐在雪橇边，面对着火堆，卡赞在他的脚下。突然，灰狼在森林深处又孤独地嗥叫起来，打破了沉寂。卡赞抬起头，发出呜呜声。

"伙计，它在呼唤你了。"老皮埃尔心领神会地说。

他又咳嗽了，他的一只手攥在胸前，似乎那里的疼痛正撕扯着他。

"我的肺被冻伤了，"老皮埃尔直率地对卡赞说，"初冬，我在丰迪拉克那里得了这个病。但愿我们和孩子们——能——及时——到家。"

在寂寞和空旷的北方大荒野地带，人们习惯于自言自语。可卡赞警觉地抬起了头，眼睛注视着他，所以，老皮埃尔是在对自己讲话呢。

"我们得送他们回家，也只有你和我去完成此事了。"老皮埃尔一边说，一边捻了捻胡须。突然，他捏紧了拳头又干咳起来，痛苦的咳嗽使他抽搐。

"家！"他喘着气，手捂着胸说，"朝北直行，有一百二十公里路程，可到达教堂山——我祈求上帝，在我的肺停止工作之前——我们与孩子们——会到达那里。"

老皮埃尔站起身，走起路来有点儿摇晃。卡赞的颈部被套上了个颈圈，老皮埃尔就用链锁把卡赞拴在雪橇上。之后，老皮埃尔拖来了三四根小原木，把原木放在火堆里，然后静静地走进帐篷，琼和婴儿小琼在里面已经睡着了。当天夜晚，好几次，卡赞听到了灰狼在远处呼唤它，可卡赞意识到，它现在不能回应。快到黎明之时，灰狼来到了露营地附近，卡赞这才第一次回应了它的呼唤。

卡赞的嗥叫声唤醒了老皮埃尔。他走出帐篷，望着天空，凝视了片刻，然后，他生火，准备早餐。老皮埃尔拍了拍卡赞的头，给了它一块肉。过了一会儿，琼出来了，她把婴儿留在帐篷里睡觉。琼跑过去，亲吻了老皮埃尔，然后跪在卡赞旁边，与卡赞交谈，她说话的口气就像是在对婴儿讲话似的。接着，琼去帮助父亲，卡赞跟在她的身后。当琼发现卡赞四肢稳稳地站立住了，她快乐地大叫了一声。

那一天，他们开始了艰难的朝北行进的旅程。老皮埃尔腾空了雪橇，只留下帐篷、毛毯、食品以及婴儿的毛茸茸的安乐窝。然后，老皮埃尔给他自己套上挽具，在雪地上拖着雪橇行进。一路上，他的咳嗽一直没有间断。

"冬季的一半时间，我都在咳嗽。"老皮埃尔没说实话，他小心翼翼的，不让琼看见他的嘴唇和胡须上的血渍，"等到家后，我会把自己关在小屋里待上一周。"

甚至卡赞也知道他说的不是真话。卡赞具有那种奇特的野兽直觉，人们无法解释，皆称之为本能。也许，这种本能主要是因为卡赞听到过其他人这样咳嗽吧，同时也源于雪橇犬祖先们听到过像老皮埃尔这样的咳嗽——让卡赞知道这将是什么样的结果。

不止一次，卡赞还没有走进圆锥形帐篷和小木屋，就嗅到了死亡的气味；又不止一次，它嗅到了还未完全显现但就在附近的死亡气息——如同它敏感地捕捉到了远处将出现风暴和火灾一样。如今，这种怪事似乎离卡赞很近了。卡赞被铁链拴着，在雪橇后面行走。这使卡赞感到不安，有好几次，当雪橇停住时，它就会嗅一嗅包裹在熊皮里的幼小婴儿。每次卡赞这么做的时候，琼会很快出现在它的身边，拍两下它那伤痕累累、毛发灰白的头，直至卡赞体内的每滴血不露痕迹地狂奔跳跃。

这一天，卡赞明白了一件重要的事，抚摸它的头和它讲话的女子非常疼爱雪橇上的小家伙，那小家伙显得非常脆弱。但它也知道，当它在关注熊皮里的那个温暖的小生命时，琼会变得格外欢喜，她的声音也变得更温柔，这让卡赞格外兴奋。

露营后，老皮埃尔坐在火堆旁，他待了很长时间。这天夜晚，他没抽烟，眼睛直盯着火焰。最后，当他起身准备走进女子和婴儿睡觉的帐篷时，他面向卡赞，弯下腰，检查它的伤口。

"明天，你得干活了，伙计！"老皮埃尔说，"明晚前，我们必须到达河边。如果没有的话……"

老皮埃尔的话没有讲完，便强忍住撕心裂肺的一声咳嗽，此时他身后的帐篷门帘落了下来。卡赞呆呆地躺着，但却不失警觉，眼睛里满是奇怪的焦虑。它不喜欢看到老皮埃尔进入帐篷，因为在他四周的空中，悬浮着比以往更为沉重的神秘之物，而且这神秘之物似乎成了老皮埃尔的一部分。

当晚，卡赞三次听到了忠实的灰狼在林中深处呼唤它，每次卡赞都回应了。临近黎明，灰狼来到了露营地附近。一次，当灰狼在风中兜圈行走时，卡赞嗅到了它的气味；它拽着铁链，嘴里发出呜呜声，希望灰狼过来，躺在它的身边。然而，老皮埃尔在帐篷里一动弹，灰狼立刻就消失了。这天早晨，老皮埃尔的脸变得更瘦了，眼睛更红了。他的咳嗽虽然没有那么响亮、那么刺耳了，但听起来像是呼哧呼哧的喘息声，好像里面的什么东西发生了故障似的。在琼出来前，他不时地用手捏住自己的咽喉。琼看见了老皮埃尔的样儿，她的脸变得刷白，眼里的恐惧替代了焦虑。她一下张开手臂，抱住了老皮埃尔。老皮埃尔笑了笑，他咳了咳嗽，以证明他所说的是真实的。

"你看，我的咳嗽并不那么严重，琼，"他说，"是断断续续的。你难道忘了吗，亲爱的？咳嗽总会让一只眼睛发红，身体疲软。"

这一天，天气持续寒冷昏暗，卡赞和老皮埃尔拉着雪橇走在前面，琼跟在后面，沿小径行走。卡赞的伤已无大碍了，它鼓足力气，不停地拉着雪橇。老皮埃尔从不用鞭子打它，一次也没有，只是偶尔用戴着露指手套的手拍一拍它的头和它的背。天越来越暗了，树梢顶上响起了暴风雪的低吟声。

黑暗的暴风雪即将来临，可这并没有让老皮埃尔停下扎营。"我们必须赶到河边，"他一遍又一遍地自言自语，"我们必须赶到河边——我们必须赶到河边……"老皮埃尔不停地催促卡赞再多使把力气；但这时候，他自己的力气在最后的路程里变得越来越弱了。

中午，当老皮埃尔停下来生起火堆时，暴风雪来了。雪如同白色的洪水，直落而下，如此密集，连五十米外的树干都看不见了。琼在哆嗦，她怀里抱着婴儿，紧紧地依偎着皮埃尔，老人温馨地笑着。他等了一个小时，然后又扎牢绑在卡赞身上的挽绳，扣上自己腰间的皮带。四周寂静阴暗，几乎如同夜晚，以至于老皮埃尔手里拿起了指南针；最后，在傍晚时分，他们在树林边缘歇息下来。在他们前面是一片平地。老皮埃尔

非常高兴，手指着横在前面的平地说："琼，我们到了河边了。"

老皮埃尔的声音微弱沙哑："我们就在这里露营，等待暴风雪过去。"

在密集的云杉丛下，老皮埃尔搭起了帐篷；然后，他开始收集柴火，琼在帮助他。接着，他们煮好了咖啡，吃了有肉、有烤饼的晚饭。之后，琼进了帐篷，精疲力竭地倒在由香脂树枝做的厚床上，再用熊皮和毛毯把自己和婴儿裹了起来。今晚，琼没有对卡赞说一句话。她太疲劳了，不想坐在火堆旁聊天；老皮埃尔感到很高兴，可是……

卡赞警觉的眼睛看见老皮埃尔突然动弹了。他从雪橇座位上站起来，朝帐篷走去。接着，他撩开门帘，头和肩膀扎进了帐篷。

"睡着了吗，琼？"老皮埃尔问道。

"快了，父亲。快点吧——您不来吗？"

"等我抽完烟吧，"老皮埃尔又说道，"你睡得舒服吗？"

"是的，我很疲倦，想睡觉……"

老皮埃尔轻声地笑了笑。在黑暗里，他一直攥住自己的咽喉。

"我们快到家了，琼。那里是我们的河——小海狸河。如果今晚我离开了，留下了你，你得沿着小海狸河走，就能够到达我们的小木屋。只有六十公里远了，你听到了吗？"

"好——我知道……"

"六十公里——顺着河流直走。你不会迷路的，琼。只是你得小心冰上的洞。"

"父亲，您不来睡觉吗？您累了——而且也快病倒了。"

"好的——等我抽完烟吧。"老皮埃尔重复道，"琼，明天，你要一直提醒我冰洞，好吗？我可能会忘记。你总能辨别出冰洞的，冰洞上面的雪和外壳的颜色比别的冰块上的雪和外壳还要白，像海绵似的。你会记住——冰洞……"

"记住了……"

老皮埃尔放下了帐篷门帘，返回火堆旁。他走起路来，身子在摇晃。

"晚安，伙计！"老皮埃尔说，"我想，我最好进去，和孩子们在一起。再过两天——六十公里——两天……"

卡赞看着老皮埃尔进入了帐篷。它使足劲，企图挣脱铁链，但颈圈勒住了它的喉咙，让它无法呼吸，它的腿和脊背在抽搐。在那座老皮埃尔进去的帐篷里有琼和婴儿。卡赞知道，老皮埃尔不会伤害她们，但它也知道，同老皮埃尔一道进去的还有个可怕的、悬浮在空中的神秘之物，离他们很近、很近呀。但愿老皮埃尔留在外面——在火堆旁——在这里，它就可以静静地躺着，看住他。

帐篷里寂静无声。灰狼的呼唤声比以往更近了。每晚，它越来越早地发出呼唤，而且它离露营地也越来越近了。在今晚，卡赞希望灰狼离它更近些，可它却没有吭声，没有发出鸣呜的回应。卡赞不敢打破帐篷里的那种奇怪的沉默，它静静地躺了很长时间，一天的旅程让它感到疲倦，四肢僵疼，但却无法入眠。火势慢慢减弱了，树梢上的风渐渐消失了；天空下，厚厚的灰云像巨大的帷幕起伏滚动。星星开始发出白色的、金属般的光亮；遥远的北边映出神秘单调的北极光，之后，那光线持续不断地增长。很快，天气变得越来越冷了。

今晚，灰狼没有按照风向行走。它追随着老皮埃尔的踪迹，像个鬼祟的影子。午夜过后，卡赞又听到灰狼的呼唤。卡赞依然躺着，但头直立，身子僵硬，肌肉在奇怪地抽搐。灰狼的声音里含有新的音符，与其说是伴侣的呼唤，不如说更像是哭泣的声音。这是在传递音信。卡赞一听到这声音，就从沉默恐惧中站立起来，它昂头直向天空，发出了嗥叫声，如同北方的野狗在刚刚离世的主人所住的圆锥帐篷前咆哮。

当晚，皮埃尔·雷迪森去世了。

第七章

走出暴风雪

黎明时分，依偎在琼的温暖怀抱里的婴儿饿得哭了起来，哭声惊醒了琼。她睁开眼睛，把脸上浓密的长发捋到了后面，然后影影绰绰地看见了父亲，看见他躺在帐篷另一边。老皮埃尔很安详，他还睡着呢。琼感到高兴，她知道，父亲昨天几乎累得精疲力竭，所以，琼又静静地躺了半小时，轻柔低语地安慰婴儿。过了好一会儿，琼才小心翼翼地起身，把婴儿舒适地裹在毛毯和熊皮里，穿上厚重的外套，走了出去。

这时候，天已经大亮了。当她发现暴风雪过去了，便松了一口气。不过，天气十分寒冷。在她的一生里，她似乎还未遇见过这么冷的天气。火堆完全熄灭了。卡赞缩成了一个圆球，鼻子塞进了自己的身子下面。当琼出来时，卡赞就抬起头，身子在瑟瑟发抖。琼用厚重的软帮鞋拨开灰烬和烧焦的树枝。没有残留一丁点儿火星。琼又返回帐篷；途中，她在卡赞旁边停了片刻，拍了拍它那毛发杂乱的头。

"可怜的狼哟！"她说，"但愿我能够给你一张熊皮，那该多好呀！"

琼掀开帐篷门帘，走进去。在亮光下，她一下看见了父亲的脸——帐篷外，卡赞听到了从琼的嘴里迸出的、可怕的悲啼声。无人见过老皮埃尔的脸色，否则，不会不为之动容的。

琼扑倒在父亲的怀里，呜咽抽泣，哭声很轻，连卡赞灵敏的耳朵都听不清。琼一直处在悲痛之中，最终还是婴儿的哭泣声唤醒了她。琼一下跳起来，冲出帐篷口。卡赞想过去迎接琼，但琼这会儿谁也不看一眼。远大于死亡的恐惧瞬间竟然落在了琼的头上。这并不是因为她害怕了，而是担忧她的婴儿。从帐篷里传来的哭泣声像刀扎似的戳穿了她的心。

这时候，琼忽然想起老皮埃尔昨晚所说的话了——他讲到河流、冰洞、六十公里外的家。"你不会迷路的，琼。"老皮埃尔预感到了将会发生什么事情。

琼把婴儿裹在厚厚的毛皮里，然后返回到火堆旁。这时候，她想把火生起来。琼弄起了一小堆桦树皮，上面盖着烧剩一半的木片，接着进了帐篷取火柴。老皮埃尔把火柴装在防水盒里，带在身上，放在他的熊皮大衣口袋里。琼一边抽泣，一边又跪在父亲身旁，拿出火柴盒。火燃烧起来了，琼添加了一些碎木片，然后又放上一些老皮埃尔拖到露营地的大块木材。火给了她勇气。六十公里——河流一直通到他们的家！她必须这么做，带着婴儿和狼。琼转过身，她这才开始看着卡赞，嘴里念叨着它的名字，同时把手放在卡赞的头上。之后，琼给了卡赞一块经火烤后解冻的肉，接着又化雪泡茶。琼没有感到饥饿，但她想起父亲如何让她吃东西，而且一天要吃四五次，于是她迫使自己做早餐，吃一块饼干、一片肉，尽可能多喝热茶。

可怕的时刻接踵而来。琼用毛毯把父亲的遗体紧紧地裹起来，又用皮绳系上。然后，她把留在火堆边雪橇上的所有毛皮和毛毯堆积起来，把婴儿舒适地安放在其中。接下来就是拆帐篷。绳子冻僵了，硬邦邦的，拆完帐篷后，她的一只手出血了。琼把帐篷堆在雪橇上，然后她遮住脸，半转过身，往后看了看。

老皮埃尔躺在香脂木枝铺成的床上；在他的身体上方，除了灰色的天空和云杉树顶，现在一无所有。卡赞僵硬地站立着，嗅着空中的气味。琼慢慢地返回去，跪在毛毯包裹的父亲身边，此刻，卡赞脊背上毛发都竖直了。当琼回到卡赞的身边时，她的脸色看上去苍白，神色紧张；此刻，她凝望着面前的荒野，眼睛里流露出一种奇怪的、可怕的目光。琼给卡赞套上了缰绳，又把老皮埃尔使用的皮带系在自己纤细的腰间。就这样，他们上路了，朝河那边奔去；刚下的雪齐膝深，积雪在不停地流动，琼和卡赞在雪中挣扎。半路上，琼被一个漂流物绊倒了，松散的长发像闪光的面纱散落在雪地上。卡赞使劲拉了一下雪橇，就站在了琼的身边，它用冰凉的鼻头触摸着琼的脸。琼挣扎着站了起来，好一会儿，她把卡赞毛茸茸的头搂在她两手之间。

"狼呀！"她呻吟地说，"哦，狼呀！"

琼现在已经累得不停地喘气了。在冰封的河上，积雪虽然不那么深，但风势渐渐大了。风来自东南方向，径直地吹打在琼的脸额上，她低下头，同卡赞一起拉着雪橇。她顺着河流走了不到一公里就停住了，她再也抑制不住绝望的情绪，哽咽的抽泣声一下涌到嘴边。六十公里呀！她捏紧双手，搁在胸前，站着喘息，像一个背对着风、筋疲力尽的人。小婴儿很安静。琼返回去，从毛皮下朝里窥视；在那里，她所看到的东西强烈地激励了她。接下来，琼又朝前走了五百米。在这段路程中，她两次被漂流物绊倒在地。

之后，他们到了一处绵延的冰原，卡赞独自拉着雪橇，琼走在它的身边。琼感到脸部一阵疼痛，似乎上千根针在戳她的脸，她马上想起了温度计。琼把温度计放在帐篷顶部。几分钟后，她看了看温度计，上面显示为零下三十摄氏度。六十公里呀！父亲曾告诉她，说她能够做到——绝不会迷路的。可她哪知道，在气温零下三十度以下朝北行走，即使父亲在这一天、在这样的天气里也会提心吊胆的，呼啸的风预示着暴风雪即将来临。

这会儿，她身后的森林离她很远了。前面，一无所有，只有无情的荒野冰原。如果有树木的话，琼也不会感到如此恐惧。然而，四周一无所有——空荡荡的，只有那灰色的、鬼怪似的阴暗。

积雪在琼的脚下变得越来越深了。她总是盯着父亲曾说过的那些危险的、被霜雪覆盖的陷阱。可如今，在她的眼里，所有的冰和雪都很相似，她的眼睛越来越疼了。天气异常寒冷。

河流变宽了，成了一片小湖。风势很强，风打在琼的脸上，使拴在她身上的皮带脱开了，卡赞独自拉着雪橇。如果说以前三十厘米厚的积雪可以延缓琼的脚步的话，那么，这会儿更厚的积雪在妨碍她前行。等到他们再次走在河道上时，琼已经落在雪橇之后，沿着卡赞留下的足迹行走。琼无力帮助卡赞，她越来越感到双腿格外沉重，她只有一个希望——那就是到达有森林的地方。如果他们在半小时内不尽快到达那里，琼就再也走不动了。她挣扎着前行，一次次地低声为她的孩子祈祷。琼在缓缓流动的雪中倒下。在她的眼里，卡赞和雪橇变得像个暗色斑点似的，卡赞和雪橇正在离她而去。其实，卡赞和雪橇在她的前面不到十米远——可那暗色的斑点似乎距离琼很远、很远。此时此刻，在她的体内的每一点、每一滴生命和力量都决意要赶上雪橇——到小婴儿的身边。

琼似乎觉得经过了漫长时间才有了生气。雪橇距离她不过十米远，可她奋力挣扎，似乎过了一小时，才伸手触摸到它。琼呻吟了一声，猛地向前扑去，倒在了雪橇上面。此刻，她再也听不到暴风雪的呼啸声，再无苦恼的感受了。琼的脸掩埋在毛皮里，下面盖着的是小小的婴儿。琼的眼前掠过让她欣喜的温暖的家庭美景；紧接着，美景消失了，接踵而来的是漆黑的夜晚。

卡赞停住了。然后，它返回来，蹲坐在琼的身边，等待着琼的身子动弹，开口说话。然而，琼显得非常安静。卡赞的鼻子伸进了琼松散的长发，咽喉里响起了呜呜声；它忽然抬起头，迎着风嗅了嗅空中的气息。卡赞嗅到随风而来的某种气味，它的鼻头又碰了碰琼，可她还是没有动弹。于是，卡赞走到前面，站好了位置，做好了拉动雪橇的准备；同时，它扭过头，看了看琼。琼仍然没有动弹，没有说话，卡赞的呜呜声变成了忧虑的嗥叫。

片刻间，风中的陌生气味越来越浓烈了，向他们飘来。卡赞开始拉动雪橇。雪橇的滑轨装置冻在了雪里，它费劲全力才将雪橇拉动。在之后的五分钟里，卡赞两次停下来，嗅了嗅空中的气味。它又回到琼的身边，呜呜地叫起来，卡赞想唤醒琼。接着，卡赞又拽起缰绳端口，拖着雪橇一步一步地穿过飘流的暴风雪。穿过暴风雪，是一片清亮的冰封地带，卡赞在这里停住歇息，风暂时平息了，可那种气味比先前更加浓烈。

在清亮的冰原边，有一道狭窄的裂缝，那里的溪水流向主干河里。如果琼神志清醒的话，她会让卡赞一直朝前行。但卡赞却转弯了，它沿着小溪走去，奋力穿过雪地，一连十分钟没有歇息；同时，它还不时地发出呜呜声，叫声越来越频繁，直至最后，呜呜声一下变了，听起来像是欢乐的吠叫声。在它的前面，靠近小溪之处，有一座小木屋，木屋的烟囱正冒着烟。原来是烟雾的气味随风飘到了卡赞那里。通往木屋门口，是一段又硬又平的斜坡，卡赞用尽体内最后的力气，把沉重的雪橇拖到了那里。然后，它返回去，守在琼的旁边，抬起毛发粗浓的头，对着天空，大声嗥叫。

过了一会儿，门开了。有人出来了。他朝雪橇跑来，卡赞那发红的、被雪击打的眼睛警觉地盯着他。那人面朝琼，俯下身，卡赞听到了他惊讶的叫喊声。当风又暂时停息时，从雪橇上堆积的皮毛里传来小婴儿快要窒息的哭泣声。

一声长长的叹息，从卡赞心底宽慰地呼之而出。它没有一点儿力气了，四肢也划伤出血了。然而，小婴儿的声音让它感到一种奇怪的快乐，它带着缰绳躺下了。那人把琼和孩子抱进了温暖的、充满生活气息的小屋。

几分钟后，那人又出现了，他的年纪不大。他走到卡赞身边，看了看卡赞。

"我的天呀，"他说，"是你干的——独自干的吧！"

那人大胆地弯下腰，解开卡赞身上的缰绳，领着它朝木屋门口走去。卡赞犹豫了，但仅此一次——就在它快到门槛之时。当时，它转过头，立刻变得警觉起来。片刻间，好像在暴风雪的呼啸悲啼声里，它听到了灰狼的声音。

紧接着，小屋门在卡赞身后关闭了。

卡赞退到小屋的一个阴暗角落，躺在那里；同时，那人在热烘烘的炉子上为琼准备吃的。过了很长时间，琼才从安放她的小床上直起身来。接着，卡赞听到琼的抽泣声；然后，那人让她吃东西，他俩交谈了一会儿；再后来，那陌生人把一块大毛毯挂了起来，挡在小床的前面；最后，他靠近炉子坐下了。卡赞静悄悄地沿着墙壁走动，爬到了小床下。在很长时间里，卡赞都能听到琼的啜泣声。之后，小屋变得安静了。

第二天早晨，当那人打开门时，卡赞便悄悄地从门口溜了出去，快速地跑进森林。在不到一公里远的地方，卡赞发现了灰狼的踪迹，它发出呼唤声。从冰封河流那边传来灰狼的回应声，卡赞朝它奔去。

灰狼试图诱导卡赞回到它们过去常常出没的地方——离开小木屋和人的气味，但没有成功。那天早晨晚些时候，那人套上了雪橇犬，卡赞在森林边看见他像老皮埃尔做的那样，把琼和婴儿舒适地裹在雪橇上的毛皮堆里。整整这一天，卡赞尾随他们，灰狼也悄悄地跟在卡赞身后。那人和雪橇犬团队一直走到天黑；然后，在星星和月光下，在随之而来的暴风雪里，那人不停地催促雪橇犬团队继续前行。到了深夜，他们来到了另一座小木屋，那人拍了拍房门。灯亮了，门开了，传来一个男人高兴的欢迎声，还有琼的抽泣声——卡赞在隐藏处听到这些声音后，便溜回到灰狼那里。

琼到家了，在之后的几周日子里，小屋的诱惑、琼的抚摸一直搅扰着卡赞。就像忍让老皮埃尔那样，如今卡赞也忍让着那个年纪较轻的男人，他和琼以及婴儿住在一起。卡赞知道，那人非常爱琼，他就是琼的丈夫。他也像琼那样非常爱婴儿。直到第三天，琼才成功地把卡赞诱哄进了小屋。那一天，琼的丈夫把老皮埃尔的遗体弄回来了。是他第一个发现卡赞戴的颈圈上的文字，于是，他们开始叫它卡赞。

在离木屋不到一公里远的地方，有一块巨大的岩石，印第安人称之为太阳石，卡赞和灰狼就在岩石之顶安家了。从这里下去，它们可以到平原狩猎；并且，琼"卡赞！卡赞！卡赞！"的呼唤声常常会传到它们的耳边。

在漫长的冬天里，卡赞就这样徘徊于琼的小屋与太阳石之间。

接着，春天来了——巨变发生了。

第八章

巨 变

岩石、山脊、山谷正变得温暖、鲜艳。杨树上的萌芽快要绽放，长出嫩叶。在空气中，香脂树和云杉的气味一天比一天浓了。春洪泛滥，潺潺的水声响彻旷野、平原、森林，水顺着各种渠道流进哈德逊湾。在解冻初期，偶尔会出现一丝刺骨的寒流。

卡赞躲了起来，避开了那股寒流。它为自己选择的地方阳光明媚，没有一丝风。可怕的冬天持续了六个月，如今卡赞感到非常舒适，比冬天里的任何时候都好了许多——它睡着了，还进入了梦乡。

灰狼是卡赞在荒野地带的伴侣。它平趴着，躺在卡赞的旁边；它的前爪向前伸出，眼睛和鼻孔非常敏锐和警觉，足以捕捉到人的气味。在温暖的春天里，空中飘浮着人的气息，也有香脂树和云杉的气味。灰狼注视着熟睡的卡赞，它感到不安，有时又显得平静。当它看到卡赞背脊上黄褐的毛发因一些梦境竖起时，它自己的灰色背脊也跟着僵硬了。它在轻轻地哀鸣，上唇向后咧开，露出又长又白的尖牙。然而，卡赞还在静静地躺着，只是它的腿、肩、口鼻上的肌肉不时痉挛抽搐，这都说明卡赞正在梦中。就在卡赞做梦之时，一个女子出现在平原上的小屋门口，她的眼睛呈蓝色，肩披着棕色的大辫子，双手拢在嘴边，呼唤道："卡赞！卡赞！卡赞！"

当呼唤声传至太阳石顶时已经变得微弱了。灰狼平耷下了耳朵，卡赞动了动，但突然间就醒了。它跑到一块凌空的岩壁上，嗅了嗅空中的气味，远望着位于它们下面的平原。

那女子的声音越过平原，又传到了它们的耳边，卡赞跑到岩石边，发出了呜呜声。灰狼静静地走到卡赞的身边，把它的鼻头搭在卡赞的肩上。灰狼知道那呼唤声意味着什么。白天黑夜，它提心吊胆，比嗅到人的气味、听见人的声音还要害怕。

灰狼为了卡赞而离开了群狼，放弃了它过去的生活。自此以后，呼唤声就成了灰狼最大的敌人。它讨厌那种声音，因为那呼唤声会把卡赞从它身边拉走。无论那声音在何时出现，卡赞总要随之而去。

夜复一夜，呼唤声夺走了灰狼的伴侣，留下它与寂寞做伴，孤独地徘徊在星星和月光下。灰狼从未开口回应荒野的兄弟姐妹们在森林里、平原上的狩猎召唤，一次也没有。通常，灰狼会向呼唤声咆哮，有时候，它会轻轻地咬一下卡赞，以表示它的不快情绪。但今天，当呼唤声第三次传来时，灰狼便偷偷地溜回到两块岩石裂缝间的黑暗处，卡赞看到灰狼的眼睛像火似的在灼烧。

卡赞顺着它们经常走过的小径紧张地跑上太阳石顶，它犹疑不定地站在那里。从昨天起，整整这一天，它一直感到躁动不安。好像是什么东西在折磨它，似乎那东西就在空中，可卡赞无法看到，无法听到，也无法嗅到。不过，它能够感觉到。卡赞走到岩石裂缝处，朝灰狼嗅了嗅。通常，灰狼会以诱哄的语气发出呜呜声。可今天呢，它却以咧嘴龇牙来回应，卡赞看见它露出了白色尖牙。

呼唤声第四次微弱地传到它们的耳边，在两块岩石间的黑暗处，灰狼凶猛地乱咬一气。卡赞又朝小径走去了，它还在犹豫。接着，它开始往下走。这是一条狭窄蜿蜒的只有动物走过的小道。太阳石是一块巨型峭壁，似乎比云杉和香脂树还高出一百米，光秃的石顶是最先迎接晨曦阳光的地方，也是最后目送黄昏余晖消失之处。最初是灰狼把卡赞带到石顶，领到这块安全的栖息地。

这会儿，卡赞到了太阳石下，它不再犹豫了，而是迅速地向小屋方向跑去。由于卡赞体内仍然具有野生动物的本能，所以，它总是小心地靠近小屋。卡赞绝不会发出任何预兆，它的毛发杂乱的头和肩部不一会儿就出现在敞开的小屋门口。琼抬起头，目光离开了婴儿，她看着卡赞，露出惊讶的神色。婴儿高兴了，她使劲动弹，蹬腿踢脚，伸出双手，轻柔地对着卡赞喊叫。琼也伸出一只手。

"卡赞！"琼轻声喊道，"进来吧，卡赞！"

慢慢地，卡赞眼里狂野的红光变得温柔了。它站在那里，一只前足踏在门槛上；这时候，琼又在催促它。忽然间，卡赞的腿似乎往下沉了一点儿，尾巴垂下了，它偷偷地溜了进去，那种模样很像一只做错事的狗似的。卡赞喜欢的人住在小木屋里，但它讨厌小木屋。它痛恨所有的小木屋，因为木屋都散发出棍棒、皮鞭、捆绑的气息。像所有的雪橇犬那样，卡赞更喜欢以户外雪地为床，以云杉枝叶为遮盖。

琼把手放在卡赞的头上，她的触摸让卡赞周身兴奋，感到奇怪的喜悦，这是对它离开灰狼和荒野世界的奖励。慢慢地，卡赞抬起头，把黑色的鼻头靠在了琼的腿上；接着，它闭上眼睛，任凭那个让它着实感到神秘的美妙的小动物——婴儿——用她的小脚捅它，拉扯它的黄褐色的毛发。比起琼的手的触摸，卡赞更喜欢这个婴儿的随意摆弄。

有时，卡赞一动不动地站着，几乎没有一丝呼吸的气息，身上的每块肌肉都藏而不露，像一尊狮身人面像。这种木然的神态不止一次让琼的丈夫提醒琼务必警觉。虽然卡赞有狼的血统，有着荒野的冷漠，甚至它与灰狼交配了，但这都没有妨碍琼喜欢卡赞。琼懂得，她信任卡赞。

在最后一场下雪的日子里，卡赞证明了自己。当时，附近的猎人带着他的猎犬团队跑了过来，婴儿摇摇摆摆地朝一条哈士奇大猎犬走去，猎犬嘴里响起了啪啪的咬动声。琼惊恐地尖叫起来，其余的人一边朝猎犬群飞跃而去，一边高声喊叫。当然，卡赞跑在他们最前面。它快如闪电，疾如子弹，一下扑到哈士奇大猎犬的咽喉部位。当人们把卡赞拉开时，哈士奇猎犬已经咽气了。

"亲爱的老卡赞呀，"琼低下头，脸靠近卡赞，轻声说道，"你来了，我们很高兴，卡赞。今晚，我们独自在家——只有我和宝贝。孩子的爸爸去了驿站，他走了，你得来照顾我们。"

琼用闪亮的长辫头挑逗卡赞的鼻子。这一动作总让婴儿感到高兴，因为卡赞不得不用鼻子嗅一嗅，有时候还打喷嚏、晃动耳朵呢。而且，这也让卡赞感到高兴。它喜欢琼的长发香味。

"如果有必要的话，你会为我们而战，对吗？"琼站起来，继续说道，"我该关门了。今天，我不愿意你离开，卡赞。你得留下，同我们在一起。"

卡赞走到角落里躺下了。正如这天在太阳石顶上出现的一些让它担忧的怪事那样，这会儿，在小屋里，也出现了一件让它感到不安的神秘之事。卡赞嗅了嗅空中的气味，试图要捉摸出事情的秘密。不管是什么事，似乎让卡赞的女主人也变了。她翻出小屋里各种各样的零碎东西，把它们捆好打包。这天深夜，琼就寝前，她走过来，手舒适地靠在卡赞的身旁待了一会儿。

"我们要离开了，"琼低声说道，她的声音在奇怪地颤抖，听起来很像在啜泣，"我们要回家了，卡赞，我们要离开了，去他家人住的地方——那里有教堂、城市、音乐，有世界上所有美好的东西。而且我们要带你走，卡赞！"

卡赞听不懂，但它感到高兴，因为女主人离它这么近，还对它讲话。在这些时间里，卡赞忘了灰狼。它体内的狗性在躁动，压抑了它那四分之一的野性血脉，此时，在它的世界里只有琼和婴儿。但是，当琼就寝后，小屋里一下变得非常安静，卡赞往日的不安情绪又滋生了。它站起身，悄悄地在小屋四周走动，嗅一嗅墙壁、门，以及女主人打成包裹的东西。卡赞的喉咙里响起了低沉的呜呜声。这会儿，琼半睡半醒，她听到了叫声，喃喃地说："安静点吧，卡赞。睡觉吧——去睡觉吧……"

之后，在很长时间里，卡赞僵硬地站在小房中间，它的耳朵在听，身子在颤抖。它隐约听到了灰狼的哭泣声从很远的地方传来。然而，在今晚，那声音没有孤独的音符，这让卡赞浑身感到兴奋。它跑到门口，嘴里响起了呜呜声，可琼已入梦乡，听不见它的叫声。又一次，卡赞听到了声音。之后，夜晚渐渐安静了。卡赞蹲伏在靠近门口的地方。

清晨，当琼醒来时，发现卡赞在门口那里，它依然不失警觉，耳朵依然在听。琼走过去为它开门。不一会儿，卡赞就消失了。它向太阳石方向奔去，它的四肢好像几乎不着地。当卡赞穿越平原时，它可以看到太阳石顶已经涂抹上了金色的光芒。

卡赞到了狭窄蜿蜒的小径，快速地沿小径使劲冲上去。

灰狼没有在太阳石顶上迎接它，但卡赞嗅到了它的气息；此外，空中还散发着很浓的其他气味。卡赞的肌肉绷紧了，腿变得僵硬了，它的内心深处响起了低沉的嗥叫声。现在，卡赞明白了，曾经让它困扰的、使它感到不安的那种奇怪的东西是什么了。是生命！一种活着的、在呼吸的生命侵入了它与灰狼的领地。卡赞咧嘴露齿，响起了蔑视的咆哮声。它四肢挺立，准备跳跃；同时，它伸出颈部和头，慢慢地靠近昨夜灰狼爬进的那两块岩石间的缝隙。灰狼还在那里，同它在一起的，还有别的什么东西。片刻后，卡赞绷紧的身体放松了，头上竖立的毛发低垂倒下，同时，两耳向前竖立，头和肩伸到了两块岩石之间，嘴里发出轻轻的呜呜声。灰狼也呜呜地回应。慢慢地，卡赞退了出来，面对冉冉升起的太阳。然后，它躺下了，用自己的身子挡住岩石缝的入口处。

灰狼做了母亲。

第九章

太阳石上的悲剧

　　这一天，卡赞一直守在太阳石顶上。在这以前，死亡、恐惧、残暴掌控了卡赞，阻止它成为父亲。而如今，卡赞意识到，它属于太阳石了，不属于小屋。越过平原传到它耳边的呼唤声听起来已经没有那么清晰了。黄昏时分，灰狼从它的栖息处出来了，它一边呜咽着，一边悄悄地走到卡赞的身边，轻轻地咬着卡赞毛茸茸的颈部。祖辈相传的古老本能让卡赞回应着，用舌舔抚灰狼脸额。这时，灰狼张开了嘴颌，它在短促的喘息中笑了，好像它经历了剧烈跑动似的。灰狼很高兴。当它俩听到从岩石间传来微弱的抽鼻响声时，卡赞摇摆起尾巴，灰狼跑回到幼崽那里。

　　幼崽的喊声和灰狼对此的反应给卡赞上了第一堂父亲课。它又本能地意识到，现在灰狼不能和它一道下去狩猎了——它得留在太阳石顶上。于是，当月亮升起时，卡赞独自走下太阳石。快到黎明时分，卡赞回来了，嘴里衔着一只大雪兔。卡赞这么做是它体内野性所致。灰狼大口嚼着兔子。这时，卡赞明白了，从此以后，它必须每天夜晚为灰狼狩猎——为隐藏在两块岩石间的小生命狩猎。

第二天，第三天，尽管卡赞听到了琼和她丈夫呼唤它的声音，但它没有去小屋。第五天，卡赞走下太阳石。琼和婴儿非常高兴，琼搂抱着它，婴儿用小脚踢它，对它又笑又叫，而琼的丈夫却小心地站在一边，看着她们的举止动作，眼里流露出不安的神色。

"我怕它，"他对琼说，这话他已经说了一百遍了，"瞧它眼睛里闪烁出的狼的目光。这种动物很危险。有时候我在想，但愿别带它回家呀。"

"如果没有卡赞，哪有我们呀——我们的孩子——会在哪里呢？"琼提醒他，她的声音有点激动。

"我差点儿忘了，"琼的丈夫说，"卡赞，你这个老家伙，我想，我也是喜欢你的。"他爱抚地把手放在卡赞的头上。

"不知道它将如何适应那里的生活？"他问道，"它完全习惯了森林。在它看来，新地方将非常奇怪。"

"同样——我——也完全习惯了森林，"琼小声地说，"我猜，这是我为什么喜欢卡赞的原因——除了你和我们的孩子，也就数卡赞我最喜欢了。卡赞——亲爱的卡赞！"

这一次，卡赞更加感到小屋那种神秘的变化，那种变化的气味更浓了。当琼和她的丈夫在一起时，他们不停地谈论他们的计划；当丈夫离开后，琼就对她的婴儿宝贝和它说话。自从那次卡赞到了小屋后，它在随后一周内变得越来越不安，终于，琼的丈夫发现了它的变化。

一天晚上，他对琼说："我相信它知道了。我相信，它知道我们准备离开了。"接着，他补充道，"今天，这条河水又上涨了。再等一周或更长的时间，我们就可以出发了。"

当天夜晚，月亮的金色光芒洒满太阳石顶，灰狼出来了，它走进了月辉里，三只幼崽步履蹒跚地跟在它的身后。它们像柔软的小绒球，让卡赞想起了琼的孩子，这些小绒球在卡赞身边翻来滚去，依偎在它黄褐色的毛皮里。有时候，它们会发出同样怪怪的轻柔的声音。它们走起路来，四条小腿摇摇晃晃的，与两腿行走的小婴儿一样，那么柔弱无助。卡赞不像灰狼那样抚弄它们，但它会触摸它们，那幼稚的呜咽声让卡赞感到了一种从未经历过的愉快。

卡赞又下去为灰狼狩猎了，月亮笔直地挂在头顶上，夜晚几乎如白昼一样亮堂。在岩石脚下，一只大雪兔突然出现在它的面前，卡赞立刻追赶过去。它追了数百米，直至它体内的狼性上升，压抑了狗的本能，才使它放弃了徒劳的追逐。如果是一头鹿的话，它可能会穷追不舍，但对于小猎物来说，狼必须像狐狸那样狩猎。卡赞开始悄悄地穿过灌木丛，像无声的影子那样慢慢穿行。在远离太阳石一公里处的地方，它三蹦两跳后就把灰狼的晚餐衔在嘴里了。接着，卡赞小跑返回，在途中，它不时地停下歇息，放下七磅重的大雪兔。

卡赞到了通往太阳石顶的狭窄小径上时，它停住了。这条小径有股温热的、奇怪的脚气味。大雪兔从卡赞的嘴里落下了，它身上的每根毛发突然像触电似的竖起来，卡赞嗅到的不是兔子、貂，也不是豪猪。在它的前面的小径上有爬过的足爪、尖牙的印迹。这时候，隐隐约约地从岩石顶上传来了响声，卡赞听见了，传到它的耳边的是可怕的悲怆叫声。当卡赞到了石顶，它一下看见在白色月光下的场景，它愣了片刻。在大约十米外的下方，靠近陡峭的岩石边，灰狼正在与一只硕大的灰色山猫殊死搏斗。灰狼倒下了——被压在底下，并传来一阵可怕的刺耳的叫声。

　　卡赞飞似的穿过岩石。它的攻击具有狼的快速无声的偷袭，同时又具有哈士奇猎犬超乎寻常的勇气、愤怒和计谋。如果对手是一条哈士奇猎犬的话，那么，在卡赞的第一次进攻下，这条猎犬必死无疑。然而，山猫不是猎犬，也不是狼。萨尔西人称山猫叫"莫利"，是"敏捷"的意思——他们认为山猫是荒野地带跑得最快的动物。卡赞的尖牙本该深深地咬进山猫的咽喉，但就在短短的瞬间，山猫像个巨大的软球，它把身子往后一甩，卡赞的尖牙只咬入它颈部的肉里，没有咬住其咽喉部位。卡赞现在不是与狼群中长着尖牙的狼厮斗，也不是同别的哈士奇猎犬打斗，它在同有爪动物搏斗——那爪子像二十把剃须刀那么锋利，即使咬住山猫的咽喉部位，也挡不住山猫爪子的撕扯。

　　卡赞曾经与一只困在陷阱里的山猫打斗过，它没有忘记那次打斗给它的教训。卡赞想推倒山猫，就像同别的猎犬或狼打斗似的，但不能用力过猛，否则山猫会仰面倒下去。卡赞知道，如果山猫脸朝上、背向后摔倒的话，那么，这时的山猫会变得最危险，只要它用一只有力的后足划一下，就可能让卡赞开膛破肚。

卡赞身后传来灰狼啜泣的哭声，它知道灰狼伤得很厉害。卡赞心里充满了愤怒，力量大如两只猎犬，它的牙齿咬穿了山猫咽喉外的皮肉。只差两厘米，硕大的山猫逃过一劫。紧接着，卡赞又突然猛扑过去。这一次，卡赞咬住了山猫的咽喉。

山猫的爪子撕开了卡赞的肉体，切开了它的侧腹——幸好稍高了一点儿，否则就要了卡赞的性命。如果山猫的利爪再挥动一下的话，就会戳到卡赞的要害处。它们在靠近岩壁边打斗，突然间，它俩一起滚动起来，既没有咆哮声，也没有喊叫。它们朝绝壁滚过去，距离岩脊下面的岩石只有二十米远。即使如此，卡赞的尖牙也没有松开，而且咬得越来越深了。它们继续激烈凶猛地打斗，卡赞占据了优势。卡赞的对手像受到电击似的震动起来，把卡赞弹至两米外。卡赞立刻爬起来，它感到头晕，不住地咆哮，变进攻为守势了。而山猫则无力地倒下了，一动也不动了。卡赞朝山猫走去，越走越近，它依然很警觉，小心地嗅着空中的气味。它本能地意识到，这场打斗结束了。卡赞转过身，拖着受伤身子，慢慢地沿着岩壁朝小径走去，回到灰狼那里。

灰狼不在月光下了。在那两块岩石边，躺着三具没有动弹、毫无生气的幼崽尸首。山猫把它们撕成了碎片。卡赞一声哀鸣，它靠近巨石，一头扎进两石之间。灰狼在那里，它在独自哭泣，声音听起来非常可怕。卡赞进去了，它开始用舌舔去灰狼肩上和头部的流血。那天夜晚，灰狼一直在痛苦地呜咽。黎明时分，灰狼拖着身子走出了石缝，它朝岩石上已死的幼崽走去。

就在此刻，卡赞发现了山猫干的可怕的事。灰狼失明了——永远失明了，没有白天，也无黑夜，阳光穿不透它那被黑暗遮蔽的眼睛。也许，这又是一种本能，它告知卡赞所发生的一切，使卡赞明白：从今以后，灰狼将是一头没用的狼了，比几小时前在月光下耍闹的小家伙还柔弱无助。整整这一天，卡赞一直留在灰狼的身边。

就在这一天，琼呼唤着卡赞，结果没有任何回应。她的呼声传到了太阳石那里。灰狼的头却紧紧地依偎着卡赞，卡赞的耳朵垂下了，向后奢拉着，它温柔地舔着灰狼的伤口。傍晚时分，卡赞离开了灰狼。好一会儿，它跑到小径尽头，把大雪兔弄到了岩石顶上。灰狼的鼻头触到了兔子的皮和肉，但它没有吃。又过了一会儿，卡赞带着灰狼去小径。卡赞不想留在太阳石上了，它也不想让灰狼留在这里。但只有当卡赞离灰狼非常近，近到灰狼的鼻子可以触到卡赞受伤的侧腹之时，灰狼才肯挪动脚步。一步又一步，卡赞带着灰狼走下蜿蜒的小径，离开了死去的幼崽。

最后，它们到了小径的岔道边。在这里，它们必须从一块一米多高的岩石上往下跳，可在岔道边，卡赞看到灰狼变得多么无能为力。灰狼呜呜地叫，屈膝了好多次，才敢跳起来。虽然僵硬的四肢蹦起了，但却重重地摔在卡赞的脚下。之后，卡赞没有再使劲催促它，因为这次的跌倒让它明白了，只有灰狼的鼻头触到伴侣的侧腹，它才感到安全。它们到了平原，灰狼小跑起来，它顺从地跟在卡赞的后面，前肩紧贴着卡赞的臀部。

卡赞朝小溪边的灌木丛奔去，路程数百米远，可在这短短的距离里，灰狼跌倒了十几次。它每跌倒一次，卡赞就对失明的后果又加深了一些认识。一次，卡赞猛地一跳，去追赶一只兔子，但它没跑上几十步，就突然停住了，然后回头望去，只见灰狼连半步也没有挪动。它一动不动地站着，嗅着空中的气味——灰狼在等待卡赞！足足一分钟，卡赞站着，也在等待。然后，卡赞返回到灰狼身边。从这以后，卡赞知道了，无论它在何处离开灰狼，返回时准会在那里找到它。

这一天，它们一直待在灌木丛里。当天下午，卡赞去了小屋。琼和她的丈夫都在，他们看到卡赞的侧腹撕裂了，头部和肩部也受伤了。

"它进行过一场生死搏斗，"琼的丈夫检查了卡赞的伤口后说，"不是山猫就是灰熊弄的。别的狼不可能这么干。"

琼用了半小时来照顾卡赞，她一直对它说话，用柔软的手抚摸它，用温水给它擦洗伤口，然后抹上疗伤药膏；卡赞又感到了旧日的宁静，渴望永远留在她的身边，再也不返回森林了。又过了一小时，其间，琼让卡赞趴在她的衣裙边，鼻子触碰着她的脚；与此同时，她还一边料理婴儿的事情。琼站起身，去准备晚饭，卡赞也站起来——有点儿懒洋洋的——它走到了门口。灰狼和夜晚的黑暗在呼唤它，卡赞垂下头，耷拉着肩，回应呼唤。旧日的欢快消失了。卡赞瞅准时机出了门。当它再次同灰狼相会时，月亮已经升起了。灰狼在低声地呜咽，亲吻着它，高兴地迎接它归来。灰狼懦弱无助，它完全依赖着卡赞，但它看起来比卡赞还要快乐呢。

忠诚的灰狼双目失明了。从那以后，一连好几天，它与琼展开了最后的大争斗。如果琼知道是谁躺在灌木丛里，如果她看一眼那可怜家伙——她肯定会帮助灰狼的。如今，卡赞成了灰狼生命里的太阳、星星、月亮和食物。然而事实上，琼试图让卡赞来小屋，其诱惑力越来越大。

太阳石上的打斗已经过去了八天。终于，琼与灰狼一决胜负的日子到了。两天前，卡赞把灰狼带到了河边树木繁茂之处；到了晚上，卡赞把灰狼留在了那里，自己离开它去了小屋。这一次，结实的皮绳绑在了卡赞脖子上的颈圈上，皮绳末端系在木墙的U形钉子里。第二天，天未亮，琼和她的丈夫起了床。太阳刚刚升起时，他们就出发了，琼的丈夫带着孩子，琼牵着卡赞。琼转过身，锁上门。他们向河边走去，卡赞听到了琼的啜泣声。大独木舟装满了东西，正等候着他们。琼带着孩子先上了独木舟。同时，她的手依然握住皮绳，她把卡赞拉到身边，以便让卡赞全身靠着她。

接着，他们撑船离岸了，温暖的太阳照在卡赞的背上，它闭上了眼睛，头靠在琼的膝盖上。琼的手轻轻地落在卡赞的肩上。卡赞又听到了旁人听不见的琼的啜泣声。独木舟慢慢地向那片树木繁茂之处驶去。

琼向身后的小屋挥了挥手，小屋此刻正慢慢地消失于树林之后。

"再见了！"琼伤心地哭道，"再见了……"然后，她埋下头，脸紧紧地贴着卡赞和小婴儿，不断抽泣。

琼的丈夫停住了划桨板。

"别难过了，琼。"他安慰道。

这会儿，独木舟正漂过灰狼藏身的那片尖角地，灰狼的气味钻进了卡赞的鼻孔，一下唤醒了它，一声低沉的哀鸣从它的咽喉里响起。

"我们走了——你不难过吗？"

琼摇了摇头。"不难过，"她答道，"只是——我一直生活在这里——在森林里——这里——是家呀！"

尖角地连同一条狭长的白沙滩落在了他们身后。卡赞僵硬地站立着，面对那块地方。琼的丈夫在呼唤卡赞，琼抬起了头。她也望着尖角地，皮绳突然从她的手指里滑落了，一种奇怪的光线映入了她那蓝色的眼睛，她看见什么东西站在白色沙地的尖角处。原来是灰狼呀！灰狼睁着盲眼，面对着卡赞。终于，忠实的灰狼明白了。空中的气味让它知道了眼睛所看不见的一切。卡赞和人的气味在一起，他们走了——正在离开这里——正在离开自己……

"瞧！"琼小声地说。

琼的丈夫转过身。灰狼的前肢浸泡在水中。独木舟越漂越远，此时，灰狼蹲坐下，它抬起头，望着它看不见的太阳，向卡赞大声地发出了悠长的哀嚎。

独木舟突然倾斜了，一个黄褐色的身子唰地一下冲入水中——卡赞不见了。

琼的丈夫伸手拿枪。琼的手拦住了他，她的脸变白了。

"让卡赞回到它那里去吧！让它走吧——让它走！"她大声地说，"这是卡赞和它的地方。"

卡赞游到了岸边，它抖了抖身子，抖掉杂乱毛发里的水；同时，它朝着琼的方向，最后一次望了望。独木舟慢慢地漂着，绕过第一弯道。片刻后，小舟消失了。

灰狼最终赢得了卡赞！

第十章

森林大火

自从那天夜晚在太阳石顶上同山猫激烈厮斗后，卡赞对过去做雪橇犬、狼王的日子想得越来越少了。可它绝没有完全忘记，某些记忆常常会忽然冒出来，如同烈火划破漆黑的夜晚似的。人类习惯记录自己的出生年月、婚姻时间、从某种束缚中解脱的时刻，或者记载在职业生涯中经历的某些初级阶段，但在卡赞看来，它的所有的一切却始于幼崽出生后连续发生的两件悲剧。

第一个悲剧是发生在太阳石上的厮斗，山猫让它美丽的灰狼伴侣永远失明了，而且还把它和灰狼的幼崽撕成了碎片。虽然卡赞杀了山猫，但灰狼的眼睛依然看不见，复仇已经不能带给它光明了。灰狼再也无法与它一道狩猎，更不能像以前那样带领狼群在平原上、在漆黑的森林里狩猎了。所以，卡赞一想到那个夜晚，就龇牙咧嘴，露出长长的尖牙咆哮不止。

另一个悲剧是琼和她的孩子、她的丈夫离去了。卡赞感到他们不会再回来了。它的判断比理性的推理还可靠，不会错的。在它脑中所存留的情景里，最鲜亮的，无过于那个阳光明媚的早晨，当时琼、琼的孩子以及琼的丈夫乘坐独木舟离开这里。卡赞喜欢琼和她的孩子，因为她们，卡赞才容忍了她的丈夫。卡赞时常走到那块树林茂密的尖角地，留恋似的望着下游处，它就是从那里跳离独木舟，回到了双目失明的伴侣身边的。

如今，卡赞的生活主要就是三件事情：它憎恨带有山猫气味或痕迹的所有东西；它为琼和琼的孩子离开而难过；它为灰狼感到伤心。自然而然，在它体内反应最强烈的，要算对山猫的憎恨：山猫不仅使灰狼失明、幼崽死亡，而且卡赞还把琼和琼的孩子的离去归咎于太阳石上的致命打斗。从那以后，卡赞成为山猫家族最可怕的对手。每当它嗅到山猫的气味，就变成咆哮的恶魔，它的仇恨与日俱增，成了卡赞野性的部分特征。

灰狼为它而离开了群狼，卡赞感到灰狼现在比以往更需要它了。卡赞有四分之三狗的血统，其狗性喜欢有个伴儿。如今，只有灰狼能陪伴它。它们独自生活在一起，文明世界在南面六百公里以外，即使是离它们最近的哈德逊湾，也在西面八十公里的地方。当琼和她的孩子居住在这里时，夜晚时分，灰狼常常留在森林，独自等待卡赞，呼唤卡赞。如今，琼不在身边了，轮到卡赞感到孤独和不安了。

灰狼失明了，它再也不能同它的伴侣一起狩猎了。不过，在它俩之间渐渐有了相互理解的密码，它们学到了以前不知道的许多东西。到了初夏，如果卡赞跑得不是太快的话，灰狼可以同它一道行走，它会跑在卡赞的侧面，肩或鼻头一直碰触着卡赞；卡赞学会了体贴，不再跳跃，只是慢慢地小跑。不久，卡赞发现，它还得为灰狼选择最易行走的小径。当它们来到需要一跃而过的地方时，卡赞会亲一亲灰狼，呜呜地叫几声，灰狼会站住，警觉地竖立耳朵——仔细倾听。接着，卡赞会跳起来，灰狼就知道了它必须跨越多远的距离。灰狼常常跳得很远，虽然有失误，但并无大碍。

还有一种方式，这种方式将来肯定还会多次为它们所用。相比以往任何时候，灰狼对卡赞帮助更大了。灰狼的嗅觉和听力完全取代了视觉。每天，这些感官在不断地被开发，与此同时，它们也学会了使用哑语，灰狼通过哑语可以向卡赞表达它的所闻所听。渐渐地，卡赞养成了一种奇怪的习惯——只要它们停下来倾听，或嗅一嗅空中的气味，卡赞总要看一眼灰狼。

在太阳石上打斗后，卡赞带着失明的伴侣来到河底那边的香脂树和云杉丛里，它们住在那里直至初夏时分。在此期间，卡赞去了琼、琼的孩子居住过的小屋，每天它都去，一直持续了好几周。在很长时间里，卡赞满怀希望地走去，每天或每晚瞧一瞧那座小屋，期望在那里发现一些生命的迹象。可小屋门却从未打开过，窗户上的木板依然如故，没有一缕青烟钻出烟囱，小路上慢慢地长出了野草和藤蔓。虽然卡赞可以嗅到琼一家的气味，但那些气味变得越来越微弱了。

一天，卡赞在一扇封闭的窗户下发现了一只小孩的鹿皮软帮鞋。这只鞋因雪雨的缘故已经发黑了，又旧又烂。尽管如此，卡赞还是躺在鞋的旁边，在那里待了很长时间。而此时，琼的孩子——在千里之外——正在玩耍文明世界的奇怪玩具。之后，卡赞返回住在香脂树和云杉丛里的灰狼那里。

灰狼不会跟着卡赞去小屋，可在别的时间里，灰狼一直留在卡赞的身边。如今，它对失明已经习以为常，它甚至可以陪同卡赞狩猎了；不过，一旦卡赞发现猎物，撒腿追逐时，灰狼只能驻足等着卡赞。通常，卡赞会猎杀大雪兔，但在一天夜晚，它猎杀了一头年幼的母鹿，猎物太重，它无法拖到灰狼跟前，于是，卡赞只好回到灰狼等候的地点，带它去享用盛餐。随着夏日一天天过去，它俩变得形影不离，越来越分不开了，直至最后，在茫茫的荒野上，它俩的足迹总是并列而行，成双成对，而不再是一前一后，分别行动了。

不久，发生了一场大火。

灰狼嗅到了来自西面的大火气味。那天傍晚，太阳在血红的云彩里落下；月亮西移，月色也变得血红血红的，印第安人称之为"血月亮"，当月亮落下去时，空气里弥漫着不祥的征兆。

第二天，灰狼一直紧张不安。时近中午，卡赞才嗅到了灰狼在数小时前就发现的征兆。慢慢地，气味越来越浓。当天下午，太阳就被一层烟雾遮蔽了。

这时候，野生动物开始奔跑，逃离派普斯通河和克里河之间的森林三角地带，可风转变了方向。这是一次极可怕的转变。大火从西、南方向汹涌而来。然后，风夹着火，带着烟雾径直朝东而去；一时间，两河间三角地带的所有野生动物犹豫了。大火迅速彻底地吞噬了森林三角地带的底端，切断了逃生的最后通道。

紧接着，风又转变了方向，大火朝北蔓延而去。三角地带成了死亡陷阱。整个夜晚，南面的天空一片红亮；到了早晨，火的热气、浓烟、烟灰让动物们呼吸困难，透不过气来。

卡赞恐慌万状，它在寻找逃生的办法，但却徒劳。它没有离开灰狼，一刻也没有离开。对卡赞来说，泅水渡过派普斯通河或克里河绝非难事，因为它的体内有四分之三狗的血统。可灰狼呢，它的足爪一触到河水就往后退缩。像它的同类那样，灰狼宁可直面火灾和死亡也不泅水渡河。卡赞多次跳进水，游入溪流中，但灰狼只把四肢浸泡在水里，就再也不往前走了。

这会儿，它们可以听到远处的大火不断响起低沉的隆隆声。大火前面是逃命的野生动物。驼鹿、驯鹿、梅花鹿纷纷跳入河流，游到对岸安全之处。一头大黑熊带着两只幼崽缓慢地走过白色狭长的沙地，轻易地横渡过了河。卡赞看着它们，一边呜呜地对着灰狼呼唤。

一些别的动物也来到了在这块狭长的沙地，它们都像灰狼那样怕水：有又大又肥的豪猪，身子光滑的小貂，一边嗅着空中气味一边像孩子那样哀嚎的食鱼猫。那些都是既不会又不打算泅水的动物，其数量比会泅水的动物多三倍以上。数百只小貂像老鼠似的沿着岸边急匆匆地跑来跑去，不停地发出吱吱的声音；狐狸在岸边快速地奔跑，它们在寻找被风吹倒的，也许还横跨在河流上的树干；山猫面对大火不住地咆哮；灰狼的兄弟姐妹们——群狼——跟灰狼一样不敢再往河流深处挪动半步。

卡赞回到了灰狼的身边，它的身子滴着水，嘴里喘着气，大火的热气、烟雾已经把它呛得半死不活。附近只留下一个地方可以避难，就是那堆白沙滩——沙滩长五十米，一直延伸到溪流里。卡赞迅速地领着灰狼朝那里奔去。它们穿过低矮的树丛来到了河床，但突然感觉有点不对劲，于是它俩停住了。它们的鼻孔嗅到了比大火还可怕的仇敌的气味。原来，一只山猫占据了那堆白沙滩，它蜷伏在沙滩的尽头处。有三头豪猪拖着身子进入河边，躺在那里，像圆球似的竖起了颤抖的刺毛。一只食鱼猫在不停地冲着山猫咆哮。山猫向后耷拉着耳朵，眼睛盯着卡赞和灰狼一步一步地侵入白沙滩。

忠实的灰狼充满了斗志，它龇牙露齿，肩并肩地同卡赞站在一起。卡赞一声愤怒的嗥叫，把灰狼赶到了身后，接着又继续前行；灰狼站住了，它的身子在颤抖，嘴里响起呜呜声。卡赞向前走着，它的脚步轻盈，尖尖的耳朵竖立向前，看似无威胁、无恐惧，但却充满杀机，这是在打斗中练就出来的、具有娴熟猎杀手段的哈士奇猎犬的行走方式。来自文明社会的人可能会说，这条狗怀着善意的心情向山猫靠近，可山猫却不这么想。祖祖辈辈结下的旧恨——如今，因那天夜晚在太阳石顶上的记忆让卡赞又添新仇。

食鱼猫本能地感到将要发生什么事，它蜷伏起来，趴得又低又平；面对这些敌人和浓浓的烟雾，那几头豪猪像小孩子那样哼哼唧唧，身上的刺毛挺得更直了。山猫平趴着，后腿抽搐，身子收缩，准备跳跃。卡赞轻轻地绕着山猫行走，脚似乎没有触到沙地。与此同时，山猫随着卡赞的转动而转动，然后，它像个咆哮的圆球，唰地一下射到离卡赞和灰狼三米远的地方。

卡赞既没有跳到侧面，也不躲避仇敌的攻击，它挺起双肩，全力以赴，如同它在与雪橇犬打斗似的。卡赞比山猫重十磅，不一会儿，行动灵活、爪子像二十把刀似的大山猫被撞到了一侧。卡赞乘机扑向山猫的颈后部，动作如闪电那么快。

与此同时，盲眼灰狼一声咆哮，纵身跳过来，躲在卡赞的腹下与山猫打斗，它的嘴咬住了山猫的后腿。噼啪一声，骨头断了。山猫往后跳去，身子拖着比它重两倍的卡赞和灰狼。它向后倒下，落在了一头豪猪的身上，无数的刺毛扎进它的身子。山猫又跳了起来，窜入了浓烟里。卡赞没有再追山猫。灰狼到了它的身边，舔着它的颈部，鲜血流出，染红了黄褐色的皮毛。食鱼猫像死了一样躺着，又黑又小的眼睛凶狠地盯着它们。豪猪还在喋喋不休，仿佛是在求饶。这时，一团浓浓的黑色烟幕贴近白沙滩刮来了，动物们感到呼吸困难，空气变得如炉火般灼热。

卡赞和灰狼在白沙滩的最远端，它们蜷缩成团，头埋入身子下面。这会儿，大火离它们非常近。大火像洪水在奔流；树木倒塌了，不时传来轰鸣巨响；空中弥漫着灰烬和燃烧的火花。有两次，卡赞抬起头，牙齿咬得咯咯直响，炽热的火苗碰在它的身上，如高温的烙铁在灼烧。

溪流边不远处生长着浓密的绿色灌木；当大火到达此处时，火势渐缓，温度也随之降低。尽管如此，卡赞和灰狼过了很长时间才伸出头呼吸。这时，它们才发现，这块狭长的、伸入溪流的沙地救了它们，两河间的三角地带全变黑了，地面热烘烘的。

烟雾散了，风向又变了，随即风从西北方向吹来了，变得既清新又凉爽。食鱼猫小心地朝森林走去，它是第一个返回森林的动物。灰狼和卡赞离开白沙滩时，豪猪们还团团地蜷缩着身子。它们开始沿上流走去，夜幕降临前，它们的脚因滚烫的灰烬和燃烧的余火而感到疼痛。

那个夜晚，月光变得很奇怪，有种不祥之兆，像血似的从空中溅落。卡赞和灰狼默默地走了很长时间，甚至没有听到猫头鹰的呜呜叫声。如果有呜呜之声，将示意这片曾经的野生动物的天堂现在仍然还有生命的迹象。卡赞知道此处无猎物可狩，于是整个晚上它们不停地行走。拂晓时，它们到了河流边一处狭长的沼泽地。海狸在此处筑建了一座堤坝，所以，它们得以跨过堤坝，到达对岸的绿地。它们向西行走，又过了一天一夜，到了瓦特方特附近浓密的沼泽林地。

当卡赞和灰狼从西边过来时，从哈德逊湾驿站向东走来了一个名叫亨利·洛蒂的人。他身材瘦削，脸膛黝黑，是个法国混血儿，也是整个哈德逊湾地区最有名的山猫猎手。他在这里察看"踪迹"，发现瓦特方特附近有许多这样的"踪迹"。这是狩猎的天堂，雪兔成千上万，山猫频频出没此地，多得数不清。亨利在这里搭起了捕猎窝棚后，返回了驿站。初雪来临时，他带着猎犬群、物品、陷阱设备又来到了这里。

与此同时，一位年轻的在大学工作的动物学家从南方来了。一路上，他慢悠悠地行走，乘独木舟，穿小径，为《野生动物的理性》一书收集材料。他叫保罗·韦曼，他计划同混血儿亨利·洛蒂一道在冬季度过一段时光。为此，他带来许多纸张、一台照相机、一张女孩子的照片。他唯一的武器就是一把小折刀。

就在这时候，卡赞和灰狼在沼泽地安顿下来，距离亨利·洛蒂建起的小屋十公里远。

第十一章

二狼同行

就在一月时，驿站向导把保罗·韦曼带到亨利·洛蒂在瓦特方特的小屋。保罗三十二三岁，精力充沛，热爱生活，亨利一见就喜欢上了他。但这时，亨利的心情不好。如果没有发生那件事的话，在小屋里的最初几天也不会这么不愉快的。第一天夜晚，他们坐在火红的厢式火炉边，抽着烟斗，亨利就把此事告诉了保罗。

"我的捕猎圈套里损失了七只山猫，这些山猫被撕成了碎片，与被狐狸猎杀的兔子没有两样。以前，没有任何动物——甚至黑熊也没有——在捕猎圈套里收拾山猫。这是我第一次发现这种事。这些山猫被撕得乱七八糟，其价格在驿站不到半美元。七只山猫呀！我一下损失了二百多美元！这是两头狼干的。两头狼——一看足迹就知道——始终是两头——绝不是一头狼。它们沿着我的陷阱路线，吃我抓的兔子。它们不碰食鱼猫、白貂、褐色貂，只猎杀山猫——不可思议！真可恶呀！——它们跳到山猫的身上，撕开皮毛。我试着把士的宁放入鹿肉里，设置圈套和陷阱，但我抓不到它们。除非我逮住它们，否则它们会把我从这里赶出去。我只得到五张好的山猫皮，而它们就毁了七张。"

亨利的话让保罗感到激动。有越来越多的人开始深刻思考，保罗算是其中的一个。他认为，人的自我中心意识，如同种族之类的观点，会使人们看不见天地万物间许多非常精彩的真情实据。有人认为，人是唯一的、可以理性推理的动物，如果其他的动物显示出直觉判断力和聪明技巧的话，那只是本能的反应。对此，保罗提出了不同看法，从而使他获得了在全国范围内发表意见的机会。亨利的不幸遭遇背后定有隐情，这让保罗突然感到非同小可，他们就这两头奇怪的狼一直交谈到午夜。

"有一头狼大，另一头小一点儿，"亨利说，"永远是大狼在攻击山猫，我在雪地看到了。当大狼在打斗时，小狼在雪地里，在它们够不着的地方不停地走动，等到山猫倒下，或死去时，它就跳进去帮忙，把山猫撕裂成碎片。我在雪地里见到这一切。只有一次，我看到了小狼伙同大狼打斗的地方，那儿到处是血；我沿着血迹追踪它们，一直追了两公里远。"

在之后两周里，保罗发现了许多可用于写作的材料。在亨利的陷阱路线上，没有一天没看到两头狼的踪迹，保罗发现——如亨利所说——足迹总是并列同行，从不一前一后。第三天，他们来到了一个陷阱，此处套住了一只山猫，可亨利一见留下的场景，便用法语和英语破口大骂，骂得脸色都青紫了。原来山猫又被撕扯了，身上的皮毛基本上毫无价值。

保罗发现了小狼蹲坐的地方，当时它的同伴在猎杀山猫。他没有告诉亨利他的所思所想。但在接下来的日子里，保罗越来越确信，他最引人注目的理论找到了例证，陷阱路线的神秘悲剧背后定有某种原因。

为什么那两头狼不弄死食鱼猫、白貂、褐色貂呢？为什么唯独与山猫打斗呢？

保罗感到异常兴奋。他是野生动物爱好者，为此，他从不带枪。当他看到亨利为那两个"强盗"放置毒诱饵时，不禁打了个寒战；然而，一天又一天过去了，他发现这些毒诱饵未被触动，他又感到欣喜。实际上，保罗真有点儿同情陷阱路线上那两个勇敢的亡命之徒，它们在同山猫打斗中从未失手。夜晚，在小屋里，他写下了自己的看法和发现。

一天夜晚，他突然向亨利发问。

"亨利，猎杀这么多野生动物，难道没有让你感到后悔吗？"保罗问。

亨利瞪着眼，摇摇头。

"我猎杀了数以千计的猎物，"他说，"我还要再杀一千呢。"

"在这片北方大陆地区，有两万个像你这样的人——一味地杀戮，杀戮持续了几百年。但你杀不光野生动物。你可能会说，这是人与野兽之间的战争。然而，如果可能的话，从现在起，倒回五百年前，亨利，也许你会在这里发现野生动物的。世界其他地方几乎都正在发生变化，但却不能改变这些几乎难以穿越的、数千平方公里的山脊、沼泽和森林。铁路到不了这里，反正我是这么认为的。为此，应该感谢上帝。西部所有的大草原就是个例证。为什么说呢，虽然旧日的野牛走过的路还在那里，清晰可见——但城镇、都市到处兴起发展。你听说过北贝特尔福德吗？"

"它在蒙特利尔或魁北克附近吗？"亨利问。

保罗微微一笑，他从口袋里掏出一张照片，照片上是一位女孩子。

"不对。它在很远的西部，在萨斯喀彻温省。七年前，我每年去那里，射杀草原鸡、草原狼、麋鹿。当时，没有北贝特尔福德这样的称呼——那里只是宏伟壮丽的草原，绵延数百上千平方公里。在萨斯喀彻温河边有一座小木屋，我过去在那里待过，现在那里已经是北贝特尔福德的地方。在那个小木屋里，有一位小女孩，年纪十二岁。我们曾经一道出去打猎——在那段日子里，我常常猎杀动物。有时候，我猎杀时，小女孩哭了，我却取笑她。

"不久，一条铁路出现了；过了一段时间，又有了另一条铁路，两条铁路在小屋附近会合，突然间，一座小镇拔地而起。亨利，七年前，那里只有一座小屋。两年前，人口达到了一千八百人。今年，我路过那里，人口已有五千人了；从现在起，再过两年，人口会达到一万人。

"在小屋原来坐落的地方修起了三家银行，资金高达四千万美元；在三十公里之外的地方都可以看到城市电灯光彩闪耀；那里有大学、中学、收容所、消防部门、两家俱乐部、贸易董事会，再过两年还会有一条电车线。想想吧——几年前，那里还是群狼嗥叫的草原呀。

"人们不断涌入，速度之快，人口统计无法随之跟上。从现在起，五年后，在过去小屋所在的地方将是一座人口两万的城市。而那小屋里的小女孩，亨利——她现在是一位年轻的女士，她的家人——嗯，有钱了，富裕了。我看中的不是这些，最重要的是，在春天她将和我结婚。她叫艾琳，因为她，我停止了杀戮。我杀的最后一只猎物是草原狼，它有个幼崽，艾琳把幼崽留下了，当时她才十六岁。如今，幼崽跟着她——它已经被驯化了。与其他野生动物相比较，之所以我最喜欢狼，其原因就在于此。但愿这两头狼能够安全地离开你的陷阱地带。"

亨利盯着保罗。保罗把照片给了亨利。照片上的女孩很漂亮，眼睛纯净。亨利看着照片，嘴角不禁抽搐了一下。"我的艾奥瓦卡三年前去世了，"他说，"她也喜欢野生动物。可那些狼——真可恶！如果我不杀了它们，它们就要把我驱逐出去！"他给炉子又添了些燃料，准备睡觉了。

一天，保罗和亨利突然发现了新的山猫踪迹，这里有一大堆原木堆，倒塌的原木形成了一个有点儿像洞穴的地方，洞壁三面很坚固。雪地上有搏斗的痕迹，兔皮四处散落。亨利高兴极了。

"我们会抓住它的——肯定没问题！"他说。

亨利建起了"陷阱屋",设下了一个圈套;同时,他机警地四下观察。然后,他向保罗解释了他的计谋。如果山猫被抓住了,那两头狼会来弄死它,它们准会穿过洞穴口,打斗会在原木堆下的洞穴里进行。于是,亨利设置了五个比较小的圈套,并在上面巧妙地遮盖了树叶、苔藓和雪,所有的这些圈套距离"陷阱屋"比较远,以防被套住的山猫在挣扎时碰到圈套,使圈套弹起来。

"它们打斗时,狼会这样或那样地跳动——肯定会被套住的。"亨利说,"它躲得过一个、两个、三个圈套——但肯定会在某个地方被套住的。"

就在同一天早晨,下了一场小雪,使亨利的布置变得更完美了,雪遮盖了所有的足迹,掩藏了容易暴露的人的气味。那天夜晚,卡赞和灰狼来了,离原木堆不到四十米远,灰狼敏锐的嗅觉发现空气中有些异常,它感到不安。灰狼用肩推了推卡赞的肩部,告知了卡赞,于是,它们立刻拐了个直角弯,迎着陷阱线路上的风向行走。

一连两个白昼和三个冷月的夜晚,原木堆那里平安无事。亨利明白,他向保罗解释其原因。山猫像他一样是猎手,也有自己的狩猎路线,一周来回行走一次。第五天的夜晚,山猫回来了,去了原木堆,诱饵直接招引了它,无情的尖齿钢圈套夹住了它的后足。卡赞和灰狼在森林深处里走了数百米,突然间,它们听到了叮当作响的钢链声,山猫在挣扎脱身,弄响了钢链。十分钟后,卡赞和灰狼站在了原木堆的洞穴口。

这是一个透明晴朗的夜晚，天空中满是明亮的星星，甚至亨利仅靠着星光就能够狩猎了。山猫耗尽了力气，平趴在地，就在这时，卡赞与灰狼出现了。像往常一样，灰狼向后退去，卡赞开始与山猫打斗。在陷阱地带，如果凶猛的山猫未被缚住的话，那么，也许在打斗的头一两个回合中，卡赞就会被开膛剖腹，或被切断颈动脉。虽然最大的山猫在体重上比它还轻十磅，但在公平的打斗里，卡赞远不是它们的对手。在太阳石上，卡赞机会好，救了自己；在沙滩上，因灰狼和豪猪的相助才击败了山猫。沿着亨利的狩猎路线，亨利所设置的圈套正好成了卡赞的盟友。即便如此，它的对手被铐住了，卡赞也得冒着极大的风险。而且，在原木堆下同山猫打斗，风险甚至更大。

这只山猫是个有经验的斗士，年龄在七岁左右。它的爪长约三厘米，弯曲着像半月形的刀似的。山猫的前爪和左足未被套住，当卡赞前行时，山猫就往后退，这样一来，它身下的那条圈套链子就变松了。在以往，卡赞会使用老办法，绕着陷入困境的对手转圈，直至山猫被链子缠住，或者使它的身子扭曲，无法找到机会跳起来。这一次，卡赞不得不面对面发起攻击，它猛地扑了上去。它们肩抵着肩，卡赞的尖牙朝对方的咽喉咬去，但未咬住。卡赞还未来得及再次攻击，山猫猛地伸出那只未被套住的后足，连灰狼都听到了撕裂声。一声咆哮，卡赞迅速地向后退去，它的肩部裂开了，伤口深至骨头。

这时，在第二次攻击中，亨利的一个隐藏的捕猎圈套救了卡赞——将它从死亡中救了出来。原来圈套的钢齿夹住了卡赞的一只前爪，只要卡赞跳起来，铁链就拉住它。以前有一两次，盲眼灰狼会跳过去帮忙，因为它知道卡赞处在极大的危险之中。这会儿，在片刻间，灰狼忘了谨慎的习惯，它一听到卡赞痛苦的咆哮，便跳起来，到了原木堆下。在"陷阱屋"前的空地上，有五个亨利掩埋的圈套，灰狼的脚碰到了其中的两个。它侧身倒下，嘴不住地又咬又叫。在挣扎时，卡赞把另两个圈套碰得弹了起来，正是其中一个圈套夹住了卡赞的前爪，另一个夹了个空。第五个捕猎圈套，也就是最后一个圈套，夹住了卡赞的一只后足。

这时，午夜刚刚过了一会儿。从那时起到早晨时分，灰狼、卡赞、山猫为重获自由而拼命挣扎，原木堆下的地面和积雪也因此被弄得乱七八糟。清晨来临了，这三个动物都筋疲力尽了，它们侧身躺着，喘着气，爪子鲜血淋漓，它们在等待人的到达，等待着死亡。

亨利和保罗一大早就出门了。他们径直穿过丛林地带，朝原木堆奔去。亨利用手指着卡赞和灰狼的踪迹，黝黑的脸膛闪烁出喜悦和兴奋的神情。当他们到达倒塌了一大堆原木的洞穴口时，他俩站住了，眼前的所见使他们在片刻间惊愕得说不出话来。即使亨利以前也没有见过这样的场面——两头狼、一只山猫，都被套住了，而且相互距离很近，几乎伸出尖牙即可触到对方。然而，惊喜并未持续多久，亨利拿起步枪，准备用钢头子弹击穿卡赞的脑袋，可突然间，保罗抓住了他的手臂。保罗愣住了，他的手指捏进了亨利的肉里，因为他瞥见了卡赞脖子上套的颈圈，上面镶有钢饰钉。

"等一等！"他大声喊道，"那不是狼，是狗！"

亨利放下步枪，眼睛盯着颈圈；保罗同时瞥了灰狼一眼。灰狼正面朝他们咆哮，对着看不见的敌人露出了白色尖牙，失明的双眼紧闭着，本应该是张开眼睛的地方，却只有毛发，保罗的嘴唇迸出了惊奇的叫声。

"你瞧！"他对亨利说，"我的天哟，那是什么……？"

"一个是狗——跑到狼群中的野狗，"亨利说，"另一个是——狼！"

"是一头盲眼狼！"保罗倒吸了一口冷气。

"对，一头盲眼狼，先生。"亨利补充道，他感到惊奇，嘴里禁不住地吐出了一些法文词。他又举起步枪，而保罗却抓住枪不松手。

"别杀它们，亨利，"保罗说，"把它们给我吧——我要活着的。它们因毁坏山猫皮而给你造成的损失，加上那头狼的赏金，都由我来支付。我要活的，它们对我非常重要。我的天呀，一只狗——和一头盲眼狼——竟然成了伴侣！"

保罗依然抓住亨利的步枪，亨利盯着他，仿佛他还没有完全真正弄懂似的。

保罗的话语没有停住，他的眼睛和脸上闪烁着炽热的神色。

"一只狗——和一头盲眼狼——竟然成了伴侣！"他重复

道，"美妙极了，亨利，当我的书出版后，他们会说，我超越了理性的范畴。不过，我将有实证。我要在这里拍摄二十张照片，然后你再杀山猫吧。让我来照看这只狗和那只狼吧。我付钱给你，亨利，狗和狼，每个一百美元。它们属于我了，对吗？"

亨利点了点头。他端着步枪，做好了准备，与此同时，保罗打开照相机，开始了工作。照相机的快门咔嚓咔嚓地响，惹得灰狼和山猫一直咆哮，露出尖牙利齿。而卡赞呢，它蜷缩着身子趴在地上，这并非因为它害怕了，而是它依然认同人的统治权。保罗完成了照片的拍摄，然后朝卡赞走去，到了伸手就可触到卡赞之处，对卡赞说话，他的语气很温柔，比以前住在废弃小屋的那个男人讲话还要亲切得多。

亨利射杀了山猫，山猫的身子在剧痛中扭动；卡赞明白了，它使劲地拉扯圈套链，朝着它的森林死敌咆哮。

凭着一根木杆和一条兽皮套索，卡赞就从原木堆下被带了出来，到了亨利的小屋。随即，两人拿着一条厚麻袋和几条兽皮套索返回了原木堆，盲眼灰狼仍然被圈套铐住，它成了囚犯。在这一天余下的时间里，保罗和亨利忙着用小树干做一个结实的笼子。笼子做好后，这两个囚犯就被安置在里面了。

卡赞和灰狼一同被放进笼里之前，保罗仔细地查看了套在卡赞脖子上有齿印标记的颈圈。保罗发现在铜板上刻有"卡赞"两字，他怀着一种异样的兴奋将此事记在了他的日记里。

之后，当亨利去陷阱地带时，保罗则经常待在小屋里。过了两天，他就敢把手放在小树棒之间，摸一摸卡赞；又过了一天，卡赞就能从他手里取走生驼鹿肉了。然而，每当保罗靠近时，灰狼总会在牢笼一角，隐藏在那里的香脂树枝堆下。代代相传的，也许是数百年积淀的本能让它意识到，人是它最致命的对手。不过，这个人没有伤害它，卡赞也不怕这人。最初，灰狼很恐惧，继而很疑惑，然后越来越感到好奇。第三天过去后，偶尔，当保罗在笼子边与卡赞和睦相处时，灰狼会从香脂树枝堆下伸出头，嗅一嗅空中的气息。可是，灰狼不吃东西，保罗注意到了。每天，他试图用少量的上等驼鹿肥肉引诱灰狼。五天，六天，七天过去了，它还是一口也没有吃。灰狼瘦了，瘦得连肋骨都能够数出几根来。

"它会死的，"亨利在第七天的夜晚说，"它宁肯饿着也不在笼里吃东西。它想回到森林，吃野生猎物，喝鲜血。它已经两岁——三岁了，太老了，驯化不了啦。"

亨利像往常那样按时睡觉了，但保罗感到不安，到了深夜还未入睡。他给在北贝特尔福德的漂亮女孩写了一封长信；然后，他打开灯，在红色的火光里想象着女孩的倩影。保罗第一次见着她，是在那座小屋扎营之时，那地方现在已经成了萨斯喀彻温省的第五座城市——女孩的眼睛呈蓝色，梳着光亮的大辫子，脸颊流露出大草原上清新的光亮。她曾经恨保罗——是的，她真恨保罗，因为他喜欢猎杀。保罗想到这里时，轻轻地笑了。那女孩改变了他——真好。

保罗站起身，打开门，悄悄地走了出去。他的眼睛本能地转向西面方向。天上星光闪烁。在星光照耀下，他看见了笼子，他站住了，他的眼睛在看，耳朵在听。这时候，他听到了响声，原来是灰狼在啃牢笼的小树干。片刻后，又传来低沉的哀鸣，保罗知道这是卡赞在呼唤自由。

一把斧子靠在小屋边。保罗抓住斧子，嘴唇默默地微微一翘。一种奇异的快乐在保罗心里油然而起，他也能够感到另一个心灵同他一道欣喜，尽管她在千里之外，在萨斯喀彻温省的那座城市里。保罗朝笼子走去。他砸了十几次，两根树干被劈倒了。然后，保罗往后退去。灰狼先发现了出口，它像影子那样溜了出去。不过，它没有逃离，它在外面的空地上等着卡赞；片刻，它俩站在那里，看了看小屋；然后，它们动身奔向了自由，灰狼的肩紧紧地挨着卡赞的侧腹。

保罗深深地吸了一口气。

"二狼同行呀——永远是二狼同行，直至其中一头狼被死亡夺去生命。"保罗低声说道。

第十二章

红死病

卡赞和灰狼漫无目的地朝北行走，走向丰迪拉克地区。

有个名叫雅克的人，是哈德逊湾公司的信使。当时，他从南面来到驿站，带来了可怕的消息——红死病正在蔓延。这个消息首次传到这里，但真实可靠。一连数周，传言四起，渐渐变得耸人听闻。传言最初始于东、南、西三个方向，然后四处传播，直至荒野地带的保罗·瑞维尔骑马夜行，到四面八方提醒人们，说红死病即刻将临。莫大的恐惧让人们毛骨悚然，像瑟瑟发抖的风那样从文明世界边缘席卷到海湾。十九年前，这种相同的传言经南边过来后，红死病随即就到了。红死病的恐怖记忆让森林人家挥之不去，因为千座无名的坟茔像瘟疫一样，令他们唯恐避之不及，坟茔散落在詹姆斯湾较低的水域地区，一直延伸到阿萨巴斯卡湖域地带，证明了死于红死病的死亡人数。

在漫游期间，卡赞和灰狼不时地碰到掩埋死人的小土堆。本能——是一种绝对超越人类理解范畴的东西——让它们感到了死亡就在身边，也许让它们嗅到了空气中死亡的气息。不过，比起卡赞来，灰狼在探测空中和地上眼见不着的神秘之物时，它那野性的血统和失明的双眼使它具有很大的优势。在那可怕的月夜里，山猫在太阳石上弄瞎了它的眼睛。自那以后，灰狼的两个主要判断感官——听觉和嗅觉——每时每刻不断提高，甚至达到精准的程度。这一次，又是灰狼首先发现瘟疫出现了，就像它比卡赞早好几小时嗅到森林火灾的气味。

卡赞带领灰狼返回到了一处陷阱地带。它们发现这个地方很衰败，很久无行走的迹象。在一个捕猎的圈套里，它们发现了一只兔子，但已经死了很长时间。在另一圈套里，有一具被猫头鹰撕碎的狐狸残骸。大部分的圈套都弹了出来，还有的被积雪覆盖着。卡赞有四分之三狗的血统，它从一个圈套跑到另一个圈套，总想赶快找到活的东西——可以吞食的肉；可盲眼灰狼却嗅到了死亡，它发现死亡在树梢上颤抖，在每一个"陷阱屋"里；它们遇到了——死亡——人的死亡。死亡的气氛越来越强烈，灰狼发出哀鸣，它轻轻地咬了咬卡赞的侧腹，而卡赞却继续前行。灰狼跟着它到了空地边缘，空地上有洛蒂的小屋。灰狼蹲坐着，抬起失明的眼睛，面向灰色的天空，嘴颌中响起了一声长长的哀嚎。就在这一刻，卡赞脊椎上的毛发开始直立，它也蹲坐着，同灰狼一道发出了死亡的哀嚎。一次，在很久以前，卡赞在刚刚去世的主人居住的帐篷前也是这样嗥叫的。这会儿，卡赞也感到了死亡的气息，死亡就在小屋里，小屋上面竖着一根木杆，木杆顶上飘着一块条状的红棉布——是从阿萨巴斯卡到海湾瘟疫流行的警示标志。这个人像北方上百名其他的无名英雄那样，在自己临死前竖起了标志。当天夜晚，月光寒冷，卡赞和灰狼转向北边，进入了丰迪拉克地区。

在它们之前，来自驯鹿湖驿站的信使正在传递报警的音讯。他说，瘟疫已经从尼尔森家和附近的地区流行到东南地区了。

"尼尔森家染上了红死病，"信使对在丰迪拉克的威廉姆斯说，"而且已经传到了居住在沃拉斯顿湖地方的克里部落。只有上帝才知道瘟疫将会对海湾的印第安人做些什么，但听说瘟疫正在灭绝居住在奥尔巴尼和教会山之间的齐佩瓦族人。"信使同气喘吁吁的雪橇犬当天就离开了。"我要到西面去，告诉勒朱隆族人。"他解释道。

三天后，从教会山传来通知了，让所有的公司雇员和海湾以西的居民就即将来临的红死病做好准备。威廉姆斯读着教会山代理人的讲话，脸色跟手里拿的纸一样刷白。

"这意思是让咱们去挖坟呀，"他说，"这是我们唯一可以做的准备。"

威廉姆斯对在丰迪拉克的人大声读着通知书，让听众将报警的音讯传递到驿站辖下的所有地域。雪橇犬被快速地套上挽具，每辆驶出的雪橇车看上去都像一卷红棉布——一捆捆卷起的棉布是死亡的不祥征兆，是瘟疫和恐怖的可怕信号。这些人准备把红棉布发放给森林人，凡是触摸到送来的红棉布的人，都会顿感周身寒战。在灰色海狸路上，卡赞和灰狼碰到了其中一辆雪橇的踪迹，它们沿踪迹走了几百米远。第二天，在西边更远的地方，它们又遇到了另一辆雪橇的踪迹；第四天，又一辆雪橇的踪迹被发现了。最后的踪迹是刚留下的，灰狼从踪迹处往后退缩，好像被刺痛似的，它露出了尖牙，不住地咆哮。风中传来烟雾的刺鼻气味。它们走近路，与雪橇的踪迹成直角相交；同时，灰狼跳跃行走，避免在雪地上留下踪迹；最终，它们爬到了山脊的顶端。风迎面吹来，在下面平坦的地方，有一间小木屋在燃烧，一队哈士奇雪橇犬和一个人正消失于云杉林里。卡赞的咽喉深处响起了隆隆的哀鸣声；灰狼僵硬地站立着，像一块岩石似的。小屋里正在焚烧因瘟疫致死的人。这是北方的法令。然而，火葬的柴堆又让卡赞和灰狼感到迷惑。这一次，它们没有嗥叫，只是悄悄地溜下这块平地，朝更远之处走去。那一天，它们不停地走，直至到了北面十五公里以外的一片沼泽地，此处既干燥又有遮蔽物，它们便在沼泽地深处躲藏起来。

之后，日子一天一天、一星期一星期过去了。在整个历史长河里，这段时间都堪称北部地带最可怕的冬季之一——单单在一个月里，野生动物和人类皆命悬一线，寒冷、饥饿、瘟疫记录了一段让后人世代不会遗忘的森林人的生活。

在沼泽地里，卡赞和灰狼在原木堆下安顿下来。这个窝巢虽然小，但很舒适，完全可以避风躲雪。灰狼立即钻了进去。它平趴下，喘着气，意思是在向卡赞表示，它对此处感到舒适和满意。卡赞本能地靠在它的身边。一幅幻景出现在它的眼前，像梦一般——似乎在很久很久以前——也是在这美妙的、星星当空的夜晚，它与统领群狼的头狼打斗胜利后，年轻的灰狼便爬到它的身边，愿意以身相许，成为它的伴侣。然而，在这时的交配季节，它们没有追逐母鹿或驯鹿，也没有同野狼群交往。因为灰狼双目失明，它俩主要居住在兔子和云杉鹬鸪出没的地方。卡赞只能孤单地追捕那些动物。现在，灰狼失明的眼睛上面已经长出了毛发。它不再伤心了，不再用爪揉眼了，也不再哀鸣着乞求阳光、月亮和星星了。慢慢地，灰狼开始忘记了它所见过的那些东西。如今，它可以在卡赞的侧腹边跑得更快了。此外，它的嗅觉和听觉变得异常敏感，它可以嗅到三公里之外的驯鹿气味，可以在更远的距离外发现人的存在；在寂静的夜晚，它听得到数百米远的鳟鱼溅起的水声。这两个东西——嗅觉和听觉——在它的体内变得越来越敏感，可在卡赞的体内，这些相同的感官却变得不那么活跃了。

卡赞渐渐地依赖灰狼了，因为灰狼常常会指出五十米之外的鬈鸪藏身之处。在狩猎时，在找到猎物之前，灰狼成了指挥者。而卡赞学会了在狩猎中依靠灰狼，开始本能地听从灰狼发出的警示信号。如果灰狼可以理性推理的话，它会想到，没有卡赞，它无法活下去。好几次，它极力想抓住鬈鸪或兔子，但都没有成功。对灰狼来说，卡赞就是它的生命。因为失明，灰狼变了，在许多方面不同于以前了。大自然再次给了灰狼做母亲的机会。日子一天天地过去了，灰狼——就像在开阔地上，在未失明前会做的那样——没有渐渐地冷淡卡赞。在春、夏、冬，灰狼习惯于依偎在卡赞的身边，把它那美丽的头搁在卡赞的脖子或后背上。如果卡赞对它咆哮，灰狼也不厉声回叫，只是悄悄地溜下来，仿佛被击打了似的。灰狼会用温暖的舌头舔去结在卡赞脚趾间的冰块。如果卡赞的爪上有裂缝，灰狼就会照料卡赞的脚，一直持续好几天。失明使卡赞成了灰狼生存不可缺少的部分——而现在呢，灰狼以不同的方式变得更加依赖卡赞了。它们在沼泽之家过着愉快的日子。四周有很多小动物，原木堆下温暖舒适。它们很少走出沼泽地，到外面狩猎。偶尔，在较遥远的平原和荒凉的山脊上，传来群狼追逐肉食猎物的喊叫，但它们再也没有加入群狼追逐猎物的激情了。

一天，它们向西快步行走，离开了沼泽地，走得比平常远一些。它们越过一年前被火吞噬的平原，爬上了山脊，进入了另一片平原。在山脊脚下，灰狼停了下来，嗅了嗅空中的气味。如果气味太微弱，卡赞捕捉不到的话，就会变得紧张，总要看着灰狼，急切地等待着。可在这会儿，卡赞嗅到了一丝微弱的气味，它明白了为什么灰狼双耳耷拉，后腿下垂。猎物的气味会让它变得僵硬和警觉。然而，这不是猎物的气味，是人味，灰狼便偷偷地溜到卡赞后面，嘴里响起呜呜声。好几分钟，卡赞和灰狼站着不动，也不弄出一点响声；然后，卡赞才率先继续前行。走了不到三百米远，它们到了一处低矮浓密的云杉丛，然后几乎是跑着到了被雪覆盖的一座圆锥帐篷那里。帐篷已被废弃了，这里已经很长时间没有人烟，但从帐篷传出了人味。卡赞的双腿变得僵硬，脊柱在颤抖，它靠近帐篷门口，往里探望。在帐篷中央，有一堆被火烧黑的灰烬，上面放着一块破烂的毛毯，毛毯里裹着一具幼小的印第安人孩童的尸首。卡赞看见了穿着无跟软帮鞋的小脚，可由于已经死了很长时间了，卡赞几乎嗅不到死亡的气息。卡赞退了出来，它看见灰狼在雪地上隆起的一座小丘四周小心地嗅来嗅去。小丘呈长方形，形状奇特，灰狼绕着小丘走了三圈，但总是距离小丘一米左右。绕过第三圈后，它蹲坐下了，卡赞却走到小丘边嗅了嗅。死亡就在那隆起的地下，在圆锥形的帐篷里。卡赞和灰狼离开了帐篷，它们的耳朵耷拉着，尾巴下垂，拖在雪地上；它们不停地走着，一直到了沼泽之家才停下来。即使在沼泽地那里，灰狼依然嗅得到瘟疫的恐怖；它躺下了，靠在卡赞的身边，肌肉还在抽搐颤抖。

那天夜晚，月亮又大又白，圆月的边缘显出深红色。这表示天气冷了——而且极度寒冷。在最冷的天气，常常是瘟疫到来之时——温度越低，浩劫越可怕。那天夜晚，天气愈加寒冷，寒意骤起，渗透到原木堆中心，冷得卡赞和灰狼紧靠在一起。天亮了，八点左右，卡赞和它的盲眼伴侣大胆地迈入了这一天。此时，气温已是零下五十摄氏度。在它们四周，树木响起了爆裂声，像手枪射击的声音。在最浓密的云杉丛里，鹧鸪躬起了身子，像个毛茸茸的球。雪兔深藏在雪地之下，或者躲在巨大的原木堆中央。卡赞和灰狼发现了一些新的踪迹，它们追逐了一小时，却一无所获，只好返回了巢穴。两三天前，卡赞像狗那样埋藏了半只兔子，于是它们从雪里掏出兔子，吃起了冻兔肉。

整整这一天，气温持续下降。到了夜晚，万里无云，月明星稀，气温又下降了十几度，万物静止不动了。在这样的夜晚，捕捉动物的圈套从不会弹起，那些长着厚厚皮毛的动物——黑貂、白貂、山猫——都舒适地躺在自己找到的洞中或巢穴里。卡赞和灰狼感到越来越饿了，但还没有饿到不得不走出原木堆的境地。第二天，严寒持续不停，时近中午，卡赞才离开待在原木堆的灰狼出去狩猎。卡赞有四分之三狗的血统，食物对它来说显得比灰狼更为重要。大自然让狼适应了饥饿，在常温下，灰狼可以一连两星期不进食。在零下六十度，它可以坚持一星期，甚至十天左右。三十小时前，它们才吞食了冻兔，所以，灰狼很乐意留在舒适的巢穴。

　　然而，卡赞饿了。它迎着风，开始狩猎，朝被火烧过的平原走去。只要碰到被风吹倒的树木，它都要嗅一嗅；此外，它还在灌木丛里东寻西找。下雪了，细小的雪花快速落下。从原木堆到火烧过的平原，卡赞只发现一个白貂的行踪。在原木堆下，卡赞嗅到了兔子温暖的气味，但兔子同在树上的鹧鸪一样在安全的地方；经过一小时无用的爪刨嘴咬后，卡赞还是够不到它们，它只好放弃了抓兔的尝试。狩猎三个小时后，卡赞才精疲力竭地回到了灰狼身边。灰狼由于其野性的本能保存了体力和能量，可卡赞却耗尽了储备的能量，它比以前更饿了。

　　那天夜晚，月亮又升上天空，明亮闪耀。卡赞又要出去狩猎了，它在原木堆外呜呜地叫唤着灰狼，让灰狼陪同它一道走——卡赞两次返回洞穴催促，但灰狼斜歪着耳朵，就是不动。这会儿，气温下降到零下六七十度，而且北风凛凛，如果人在这样的夜晚待在户外，难以存活一个小时。到了午夜，卡赞回到原木堆。风越来越大。在沼泽地上，风声开始哀号，像悲哀的挽歌，接着爆发出凶猛的尖啸声，如同枪炮一齐开火似的，哀号和尖啸声之间仅有短暂的平静。这些是暴风雪的初始症状，狂风来自位于树林尾端和北极之间的大荒原地带。

清晨，从北而来的暴风雪肆虐狂怒，灰狼和卡赞紧靠在一起躺着，它们一边瑟瑟发抖，一边听着原木堆上方暴风雪的呼啸声。一次，卡赞探出头和肩，裸露在倒塌树木形成的遮蔽处的外面，但暴风雪把它赶了回去。所有的生灵都按照各自的方式本能地躲藏起来了。那些身着厚皮毛的动物，如黑貂和白貂，算是最安然无恙的，因为它们属于那种在比较温暖的狩猎日子里就贮藏肉食的动物。狼和狐狸在倒伏的树木下、在岩石堆里寻找藏身之处。而飞翼动物，除了十分之一是身子，十分之九为羽毛的猫头鹰以外，纷纷躲入堆积的雪底下，或藏身于浓密的云杉掩蔽处。对蹄类和长角动物来说，暴风雪意味着一场巨大的浩劫。鹿、驯鹿、驼鹿无法爬到倒伏的树木下，或钻进岩石与岩石之间的缝隙。它们最适合采用的办法就是躺卧在雪堆的避风处，并把自己深埋在积雪里，让雪来保护它们。即使如此，它们也无法长久待在栖身之处，因为它们还得吃东西。在冬季，一天二十四小时，驼鹿得用十八小时进食，这样才能够活下去。驼鹿的胃口大，需求量也大，要花大量时间一点点啃灌木的树枝，它每天需要大量的食物。驯鹿的需求量至少是鹿的三倍。

　　那一天，暴风雪没有停歇；第二天、第三天，暴风雪依旧如此，而且在第三天的夜晚，暴风雪变得更加猛烈，雪花像子弹射击一样纷纷落下，积雪达六七十厘米深，雪堆高达两三米。这是印第安人所说的"重雪"——雪像灌了铅似的压在地上，下面数以千计的鹧鸪和兔子因闷在雪里，活活窒息而亡。

　　暴风雪持续了三天。第四天，卡赞和灰狼从原木堆里出来了。风不再吹了，雪不再飘落了，整个世界被绵延不绝的白色物所覆盖，天气非常寒冷。

　　瘟疫肆虐，给人带来了灾难，接踵而来的，是野生动物的饥饿和死亡的日子。

第十三章

饥饿的小径

　　卡赞和灰狼已有一百四十个小时没有进食。对灰狼来说，这是极不舒服的，它越来越虚弱了。而卡赞呢，它唯一的感觉就是饥饿。六天六夜的饥饿使它们的肋骨渐显出来，腹部深深地凹陷。卡赞的眼睛变红了，当它望着白昼时，眼睛眯成了一条窄缝。这一次，灰狼跟着卡赞了走出来，到了坚硬的雪地上。它们满怀着希望，迫不及待地开始在严寒里狩猎，行走在常有兔子出没的原木堆附近。可现在，没有任何动物的踪迹和气味。它们继续绕行，穿过沼泽地，也只嗅到了栖息在一棵云杉上的雪枭的气味。卡赞和灰狼来到被火烧过的地方，然后转过身，朝着沼泽地对面的地方搜寻。在这边，有一座山脊。卡赞和灰狼爬上山脊，从山脊顶上望去，远方是一片没有生命痕迹的世界。灰狼不停地嗅着空中的气息，可却无信号传递给卡赞。卡赞站在山脊顶上，喘着气，它的耐力已经耗尽了。它们又沿原路返回，在通过沼泽地的途中，卡赞试图纵身跳过一个障碍物，结果失足绊倒了。回到原木堆后，它们更饿了，更虚弱了。当天夜晚，天空明亮，星星闪耀，它们又在沼泽地狩猎。没有任何走动的猎物，除了一只狐狸。它们本能地感到，如果去追狐狸的话，只会白费力气。

就在这时，卡赞想起了旧日的小木屋。对它来说，小屋总是意味着两个东西——温暖与食物。小屋远在山脊那边，卡赞和灰狼曾经在那里对着死亡的气息怒吼嗥叫。可这时候，卡赞没去想它嗥叫的对象，它只想着小屋，有了小屋，就有食物。卡赞径直朝山脊奔去，灰狼跟在后面。它们越过山脊，穿过火烧过的平原，到了另一片沼泽地边缘。这会儿的卡赞无精打采。它的头低垂，毛茸茸的尾巴拖在雪地上。它一心想着小屋——只想着小屋，这是它最后的希望。灰狼依然保持着警觉。每当卡赞停下时，把冻僵的鼻子凑到雪地里时，它就会抬起头，嗅着风中的气息。终于，卡赞嗅到了那种气味！卡赞继续前行，但接着又停住了，它发现灰狼没有跟上来。卡赞看着它的伴侣，依稀尚存的力气使饥饿的身子马上变得僵硬和紧张了。灰狼面向东边，前肢牢牢地直立着，它伸出细长的灰色脑袋，嗅着空中的气味，它的身子在颤抖。

忽然，它们听到了响声，卡赞呜呜地叫喊一声，便朝着声音的方向奔去，灰狼跑在卡赞侧腹边。在灰狼的鼻孔里，气味越来越浓；紧接着，卡赞也嗅到了。这不是兔子或鹧鸪的气味，是个大猎物。卡赞和灰狼迎着风，小心翼翼地走过去。沼泽地越来越深，云杉树愈加密集，此时，在它们前面，一百米外的地方传来噼啪的响声——是兽角在碰撞，而且僵持不下。又过了十秒，它们翻过雪堆后，卡赞停住了，平趴在地上。灰狼蜷伏在它的身边，失明的眼睛转向它能够嗅到的，但看不见的什么东西。

　　距离它们五十米远的地方，有些驼鹿聚在一起，躲在密集的云杉树丛里。在方圆半公顷的范围里，它们把所有的东西吃得干干净净。树上的枝叶无论有多高，只要够得到，都被啃光了；脚下的雪也被踏硬了。在这里，共有六个动物，包括两头公驼鹿——这些公驼鹿们正在打斗，另外还有三头母驼鹿和一头一岁大的小驼鹿——它们挤成一团，在观看这场凶猛的决斗。就在暴风雪来临前，一头四岁大的小公驼鹿带领三头母驼鹿和一岁大的小驼鹿来到云杉树丛，躲避在这里。这头小公驼鹿皮毛润泽有光，身子健壮，鹿角虽小，但长得紧密精致。直到昨天夜晚，它还是这群驼鹿的头领。可就在这天晚上，一头老公驼鹿侵入了它的领地。入侵者比小公驼鹿年长十几岁；体重比小公驼鹿重一倍；它的头角巨大多节，呈不规则的掌状，显得巨大魁伟。老公驼鹿是经历了上百场打斗的斗士，它毫不迟疑地投入打斗中，力争夺走小公驼鹿的家园和它的亲属子女。自黎明起，它们打斗了三次，地上踩硬的白雪被鲜血染红了，血的气味钻进了卡赞和灰狼的鼻孔。卡赞饥渴地嗅了嗅；灰狼舔了舔嘴颌，奇怪的声音在它的咽喉里起伏上下。

　　有一会儿，这两个斗士相距几米之远，它们站立着，低着头。老公驼鹿还没有赢得这场打斗呢。小公驼鹿象征着年轻、有耐力；而老公驼鹿更狡猾，身体更重、力量更大——它还有一副像好斗公羊的角。但是，在老公驼鹿硕大的身躯里，还有别的——年龄带来的经验。它那硕大的腹部两侧正在喘息，鼻孔张得像铃铛那么大。接着，仿佛是舞台上一些无形的精灵发出了信号，老公驼鹿和小公驼鹿再次撞到了一处，头角在碰撞，八百米之外都可以听到响声；在五百多公斤的骨肉压力下，小公驼鹿仰面跌倒。这时，小公驼鹿一下显示出年轻的优势，它在瞬间站了起来，用头角向对手攻击。这个攻击动作，小公驼鹿做了二十次；每次攻击的力量似乎都在不断地增强。此时，小公驼鹿仿佛意识到，决战的时刻来临了，打斗得比以前更加凶猛。卡赞和灰狼听到了尖利的噼啪声——仿佛是谁踩在一根干枯的树枝上，将其折断了似的。在二月，蹄类动物的头角已经开始脱落了——尤其是老公驼鹿，其掌状的头角最先脱落。在血染的竞技场上，小公驼鹿占据了优势。随着尖利的噼啪声，老公驼鹿一根巨大的鹿角从根部断裂了；紧接着，十厘米长的、像匕首似的鹿角戳进了它的前腿后部。霎时间，老公驼鹿失去了所有的希望和勇气，它朝后慢慢转身。小公驼鹿还在不停地戳它的颈部、它的肩膀，直至它身上血流如注。在空地的边缘处，老公驼鹿摆脱了小公驼鹿，迅速地钻进了森林。

小公驼鹿没有去追赶，它摆着头，站了一会儿。它的腹部两侧上下起伏，鼻孔扩张，头对着被征服的对手离开的方向。然后，小公驼鹿转过身，小跑似的回到仍然木然不动的母驼鹿和一岁大的小驼鹿身边。

卡赞和灰狼在颤抖。灰狼从空地边缘溜了出去，卡赞紧随其后。它们不再对母驼鹿和小驼鹿感兴趣了。在那块空地上，它们看到老公驼鹿被驱赶出去——它在打斗中被击败，在流血。这会儿，狼所有的本能在灰狼体内复活了，卡赞也极想尝一尝鲜血的味道。它们朝着老公驼鹿沾染着血的踪迹走去；它们来到踪迹跟前，发现积雪已经被血染红了。热血的气味让卡赞的血像火燃烧似的涌遍了它那虚弱的身子。因饥饿，它的眼睛变红了，闪烁出一种甚至与群狼在一起的日子里也未见过的光亮。

卡赞迅速出发了，它几乎忘了灰狼。不过，它的伴侣不再需要卡赞的侧腹给它指引方向了。灰狼一边跑，一边把鼻子凑近老公驼鹿的踪迹——就像它在失明前长距离奔跑，兴奋地追逐猎物似的。灰狼和卡赞在距离云杉树丛八百米远处追上了老公驼鹿。在香脂树丛后面，它找到了掩蔽处，正站在那里，雪地上淤积的鲜血越来越多了。它还在喘着粗气，头下垂着，硕大的头上只有一根鹿角，看上去很奇怪。它的鼻孔大张着，血从鼻孔里流了下来。可即便老公驼鹿因饥饿、疲惫、失血而变得浑身虚弱，但群狼也要犹豫一阵子才会攻击。不过，卡赞和灰狼哪里顾得上犹豫呀。卡赞一声咆哮，就跳了起来。霎时间，它的尖牙咬进老公驼鹿咽喉上的厚皮里。紧接着，卡赞被甩开了——扔到六米之外。饥饿折磨着卡赞的五脏六腑，让它失去了所有的警觉性，它又跳起攻击，完全从正面冲向老公驼鹿。同时，灰狼悄悄地溜到老公驼鹿的背后，用盲眼狼的本能去寻找卡赞没有发现的脆弱部位。

这一次，卡赞被宽大的掌状鹿角狠狠地打到了，它又被甩倒在地，感到有些眩晕迷糊。但灰狼又白又长的尖牙像刀子似的，咬穿了老驼鹿的一根绳状的蹄筋。尽管老公驼鹿狂跳不已，试图把灰狼踩在脚下，可灰狼咬住不放，一直持续了三十秒。在灰狼的引导下，卡赞很快就明白了，它又迅速地跳起来，朝着老公驼鹿膝盖上面的凸出部位扑过去。但卡赞扑空了。在它奋起向前猛扑过去时，灰狼被甩开了，可它的目的达到了。老公驼鹿与它的同类打斗了一番，它被打败了；现在，它又遭到更凶恶的敌人攻击，老公驼鹿开始后退。在后退时，它每走一步，臀部一侧就向下坠一下，它左腿的肌腱几乎被咬穿了。

灰狼虽然看不见，但它似乎意识到发生了什么事；再者，它是群狼一员——深知老狼的所有策略。卡赞两次被老公驼鹿的鹿角打倒后，才知道不能再正面攻击了。灰狼小跑似的跟在老公驼鹿的后面，而卡赞却没有走，它留在原地，大口大口地舔着沾满鲜血的积雪。过了一会儿，它才跟上去，同灰狼并肩奔跑，尾随在老公驼鹿后面，离它五十米远。现在，越来越多的血出现在雪地上——像是一条细细的红丝带。十五分钟后，老公驼鹿又停了下来，它四下环顾，然后垂下硕大的头。它的眼睛变红了，颈部、肩膀也垂了下来，这说明近二十年来与之伴随的无敌打斗精神消失了。它的身上再无在荒野上逞威风的神态，庄重漂亮的头上再无蔑视一切的表情，充血的眼睛再无激动火烧似的闪光。它的呼吸带着喘气声，越来越响亮。捕猎者都知道这意味着什么。小公驼鹿的鹿角像匕首那么尖，深深地扎了进去，老公驼鹿的肺越来越衰弱了。灰狼在早期同群狼狩猎的日子里，不止一次听到过这种声音，它明白了。慢慢地，灰狼开始在负伤的驼鹿四周盘旋，离驼鹿二十米左右。卡赞一直跟在它的身边。

一圈，两圈……二十圈，它们就这样慢慢地转圈；它们每

转一圈，老公驼鹿也跟着转动，它的喘息愈加粗重，头垂得越来越低了。中午过后，天气变得更加寒冷了。二十圈转圈变成了一百圈，二百圈，甚至更多圈。灰狼和卡赞脚下踏过的雪变硬了，老公驼鹿蹄下的雪不再是白色的了——全部变成了红色。经过了上千次的转圈后，这场荒野悲剧终于发生了。这就是荒野生存的法则！在那里，生命本身就意味着优胜劣汰；在那里，生存就意味着杀戮，死亡意味着生命的延续。终于，在灰狼和卡赞持续不断的、致命的周旋下，老公驼鹿的转动停止了。接着，卡赞和灰狼从踩硬的小径上往后退缩，平趴在一棵低矮云杉树下，它们在等待。好几分钟里，老公驼鹿一动不动地站着，已经残疾的部位往下坠落，坠得越来越低。接着，随着一声血呛咽喉的剧烈喘息，老公驼鹿轰然倒地了。

很长时间，卡赞和灰狼一直没有动弹。最后，当它们返回踩硬的小径时，老公驼鹿的硕大头颅已经搁在雪地上了。它们又开始转圈；这时候，环绕的圈子在渐渐缩小，直至与猎物相距八米远了。老公驼鹿试图站起来，可就是起不来。灰狼听到了老公驼鹿在用力，又听到它倒了下去。忽然，灰狼从后面悄悄地迅速跃起，它的尖牙一口咬入老公驼鹿的鼻孔，具有哈士奇犬第一直觉的卡赞一下蹿起，扑向老公驼鹿的咽喉。这一次，卡赞没有被甩掉。由于灰狼死死地咬住不放，卡赞才有时间撕裂近两厘米厚的驼鹿皮，让尖牙越陷越深，直至触到猎物的咽喉。温暖的血迸涌而出，喷射到卡赞的脸上，但它没有松口。就像在很久以前，在那个月色皎洁的夜晚，卡赞咬住它的第一个对手的咽喉那样，如今它咬住了老公驼鹿。最终，还是灰狼让卡赞松开了嘴。接着，灰狼退到一边，嗅了嗅空中的气息，听了听周边的动静。它慢慢地抬起头，发出了得意扬扬的嗥叫声，声音穿过了冷冻饥饿的荒野地带——这是食肉动物的呼喊。

对它们来说，饥荒的日子过去了。

第十四章

尖牙的权利

经过了这场打斗后，卡赞疲惫地躺在血迹斑斑的雪地上，而忠实的灰狼依然充满着野狼的耐力，还在凶狠地撕扯着公驼鹿颈部上的厚皮，直至鲜红的肉露了出来。灰狼完成此事后，并没有开始进食，而是跑到卡赞身边，用鼻子亲吻着卡赞，嘴里响起轻轻的呜呜声。之后，它们尽情地大吃起来，并排蹲伏在老公驼鹿的颈边，撕咬着温热香甜的鹿肉。

卡赞和灰狼大口地吞食驼鹿，直至肚子里再也塞不下任何东西。当它们吃饱了退到一边时，最后一缕苍白的光线正迅速地消失在夜色里。淡淡的微风渐渐散去，白天高悬在天空的云彩向东飘去，月亮初照，灿烂明亮。不到一个时辰，夜晚变得越来越亮。这会儿，北极光在颤抖闪烁，给月亮和星星的光辉增添了一抹苍白的火焰。

单调的嘶嘶爆裂声隐隐地传到卡赞和灰狼的耳边，听起来像是钢制雪橇和雪橇犬在雪地上弄出的声音。

卡赞和灰狼还没有走到远离老公驼鹿尸首一百米处，就听到了在北部空中响起了这种诡异的声音，它们停住脚步，仔细倾听，显得警觉而多疑。接着，他们耷拉着耳朵，小步慢慢地跑回到猎杀的驼鹿肉旁边。它们直觉地感到，这是它们唯一的猎物，凭借尖牙，经过打斗才得到的。根据野生动物的法则，它们还得通过打斗才能够继续拥有驼鹿肉。在容易狩猎的日子里，它们会离开，到月亮和星光下徘徊。可现在呢，漫长的饥饿季节教会了它们不同的东西。

瘟疫和饥饿日子之后的这个夜晚，没有风雪，天气晴朗，成千上万的饥饿动物从栖息地出来了，开始寻找食物。在纵横东西方向两千八百多公里、南北方向一千六百多公里的区域，饥肠辘辘的瘦削动物们在月亮和星星的照耀下寻找猎物。卡赞和灰狼预感到这样的狩猎要开始进行，它们一刻也没有放松警觉。最后，它们躺在云杉丛边等待着。灰狼用它的脸温柔地亲着卡赞，它的咽喉里响起了心神不安的呜呜声，它在提醒卡赞。然后，灰狼嗅了嗅空中的气味，仔细倾听，并嗅着气味。

忽然间，它们慢慢绷紧了身上的每块肌肉。有个活物从它们旁边经过，卡赞和灰狼既看不见，又听不到那东西，也几乎嗅不到它的气味。接着，那东西又来了，如同影子那样神神秘秘的。过了一会儿，一只白色的大猫头鹰像一片巨大的雪花，从天上飘然而下。卡赞一见这只饥饿的动物停降在公驼鹿的肩上，就像一道闪电从掩蔽处冲了出来，灰狼跟在其后，离卡赞近在咫尺。卡赞一声怒号，扑向那白色强盗，嘴颌猛地朝空中咬去。它完全跃过了老公驼鹿，等它转过身来时，猫头鹰却不见了。

因为饱餐了一顿，卡赞先前的体力差不多恢复了。它在老公驼鹿四周跑来跑去，脊背上的毛发像刷把似的竖起了，眼睛瞪得锃圆，看上去怪吓人的。它朝着空中咆哮，牙齿咬得咔嚓直响；接着，它又蹲坐下，面朝驼鹿死前留下的血迹斑斑的踪迹路线。它本能地感到，危险将从那里出现。卡赞的本能反应与理性推理一样准确无误。

　　这天夜晚，动作快速的小貂到处都是，它们看起来像白色的老鼠，在月光下东躲西藏。这些小貂是凶猛的吸血动物，它们最先发现血红踪迹，兴奋快速地蹦跳着，沿踪迹而来。一只狐狸在四百米之外就迎风嗅到了踪迹的气味，它离猎物越来越近了。食鱼猫从倒塌的原木深处出来，它也过来了，四肢停在殷红的带状踪迹上。

　　正是那只食鱼猫又把卡赞从云杉丛的遮蔽处引了出来。在月光下，发生了剧烈快速的打斗，响起了咆哮声、撕抓声、猫似的疼痛嚎叫声。食鱼猫逃跑了，它忘记了饥饿。卡赞回到了灰狼身边，它的鼻子被抓破了，出血了。灰狼同情地舔着它的鼻子，而卡赞直直地站着，仔细听着周边的动静。

　　卡赞与食鱼猫的打斗声让狐狸警觉起来，它急促地转身离去了。狐狸不是斗士，它只能算是从后面偷袭的杀手。不过，过了一会儿，狐狸纵身扑向一只猫头鹰，把它撕成碎片，得到了羽毛团里的半磅肉。

　　然而，没有什么办法能够驱走那些荒野地带的小亡命徒——白貂。它们从不到二十厘米宽的缝隙溜过去，偷得刚刚猎杀的老公驼鹿的肉，吸取驼鹿温暖的血。卡赞拼命追逐它们，可对卡赞来说，白貂跑得太快了；在月光下，与其说它们是有生命的东西，倒不如说更像是难以捉摸的闪光。它们在驼鹿的尸首下打洞进食。卡赞不住地咆哮，嘴里塞满了雪。灰狼却平静地蹲坐着，小白貂没有让它烦恼。过了一会儿，卡赞才明白过来，它转身回到了灰狼身边，累得气喘吁吁，筋疲力尽。

这天入夜之后，在很长时间里，响声几乎从未间断过。一次，远处传来狼的嗥叫声；在云杉树顶上，雪枭在巢穴里不时地发出令人毛骨悚然的呜呜声。月亮直挂当空，照在老公驼鹿身上。灰狼忽然嗅到了真正的危险，它立刻提醒了卡赞，同时面对血腥的踪迹；它柔软的身子在颤抖，尖牙在星光下闪烁微光，咽喉里响起了咆哮的哀嚎。只有面对最可恨的敌人——山猫时，灰狼才像这样提醒卡赞。山猫是可怕的斗士。在很久以前，在太阳石上，它弄瞎了灰狼的双眼！顷刻间，卡赞蹿到灰狼的前面，它准备打斗。虽然卡赞没有嗅到那动物的味道，但那可怕的气息正沿着踪迹偷偷袭来。

随后，在一公里之外，响起一声嗥叫，凶猛的声音持续了许久，打破了夜晚的寂静。

毕竟，这是荒野地带真正的主人——狼的呼唤，是饥饿的哭泣。这样的呼唤声会让人血管里的血流速加快，使驼鹿和驯鹿四肢颤抖——这样的哀嚎像是死亡的音符，它穿过沼泽、森林、雪封山脊，直至呼唤的回音渐渐变弱，持续延至数公里，最后消失在星空的夜晚。

　　夜晚又静下来了，静得可怕，卡赞和灰狼肩并肩地站着，面对着叫声传来的方向。它们回应这样的叫声，回应声在它们的体内产生了某种奇异神秘的变化，因为它们所听到的不是报警信号，也不是威胁，而是兄弟般的呼唤。在遥远的那边——在山猫、狐狸、食鱼猫之外的地方，有它们的同类动物——野狼群。狼群通常认同所有的同类——在蛮荒野地，它们过着野蛮式的狼族同盟生活。灰狼蹲坐着，对那种呼唤发出了回应——一种高昂的、得意扬扬的音符，它告知饥饿的弟兄们，在踪迹的尽头便是盛宴大餐。

　　在呼唤与回应的间歇里，山猫偷偷地溜进了月光照耀下的森林里。

第十五章

繁星下的打斗

　　卡赞和灰狼一边蹲坐着，一边等待。五分钟过去了，十分钟、十五分钟又过去了，灰狼慢慢变得心神不安。没有一头狼随声呼应。灰狼又放声嗥叫，卡赞在旁边颤抖，它也在听。之后，夜晚又陷入死一般的寂静。这不是群狼的做派。灰狼知道，群狼并没有走得很远，还没超过它的声音所及的范围，可寂静让它感到困惑。接着，突然间，迎面来了一群狼和那头它们听见其嗥叫的独狼，距离它们很近了，卡赞和灰狼嗅到了温热的气味。又过了一会儿，卡赞在月光下看见一个移动的物体，第二个物体跟在后面出现了，接着又出现了一个，直至在卡赞和灰狼周围，共有五个无精打采的动物，它们围成了半圆形，距离它们七十米远。然后，它们各自平趴在雪地上，一动不动了。

　　一声咆哮声使卡赞转眼看着灰狼。它的盲眼伴侣在往后退缩，白色尖牙在星光下闪烁寒光，耳朵平奔着。卡赞感到了困惑。为什么灰狼向它发出了危险信号呢？从雪地那边的来是狼，不是山猫呀。可为什么狼不过来享用盛餐呢？慢慢地，卡赞向它们走去；与此同时，灰狼呜呜地喊叫着卡赞。卡赞没有理会灰狼，它继续向前走，它的脚步轻缓，头昂着，脊椎毛发竖了起来。

卡赞朝那群动物走去，速度越来越快；最后，它停住了，距离平趴在雪地上的那一小群动物二十米远，卡赞厚厚的毛发在微微摇动。其中一个动物跳起来，慢慢地靠近卡赞，其余的动物跟在后面。转瞬间，卡赞到了它们中间，它嗅来嗅去，摇着尾巴。原来它们是雪橇犬，不是狼。

在荒野地带，有些孤独的小屋，那里的主人死之后，雪橇犬们便逃至森林。它们依然带有雪橇犬的标志，脖子上套有驼鹿皮颈圈，侧腹上的毛被磨得变短了，有一条雪橇犬还拖着将近一米长的用兽皮编制的缰绳。在月亮和星星的光照下，雪橇犬们眼睛发红，露出饥饿的表情。它们又瘦又憔悴，饥饿难耐。卡赞立刻转过身，小跑在它们前面，到了驼鹿尸首旁边。然后，它往后退去，在灰狼身旁自豪地蹲坐着，听着雪橇犬群大口进食时嘴颌的噼啪声、驼鹿肉的撕裂声。

灰狼溜到卡赞跟前，紧靠在卡赞身旁，用鼻子亲了亲卡赞的脖子；卡赞用舌头像狗那样迅速地抚弄灰狼，让它放心，一切安然无恙。雪橇犬的大餐结束了，它们走了过来，以狗的方式嗅着灰狼，同时与卡赞套近乎。这会儿，灰狼平趴在雪地上，卡赞高高地站立在它身边，守护着它。有一条红眼大雪橇犬——它依然拖着一节兽皮缰绳——亲了亲灰狼松软的颈部。虽然它的亲吻瞬间即逝，但卡赞发出了警告似的凶狠咆哮。这条雪橇犬缩了回去。片刻间，雪橇犬们的尖牙微光闪烁，照在灰狼盲了双眼的脸上——这是非同类动物之间的挑战。

这条硕大的哈士奇犬是这群雪橇犬的头领。如果别的雪橇犬像卡赞那样朝它咆哮的话，哈士奇犬会朝它的咽喉扑去。然而，它发现站立在灰狼身边的卡赞模样凶猛，近似疯狂。这是头领与头领的对决。对卡赞来说，不仅如此，它还是灰狼的伴侣呢。与其说是争夺头领的权力，倒不如说卡赞会在瞬间跃过灰狼的身体，为灰狼而打斗。这条硕大的哈士奇犬愠怒地转过身，它在咆哮，依然不停地咆哮，同时它还咬了咬一条雪橇犬的侧腹，以发泄它的愤怒。

灰狼虽然看不见，但知道发生了什么事情。它紧缩在卡赞的身边。它知道，月亮和星星下，注定是你死我活之事——这是在争夺伴侣的所有权。灰狼带着妩媚和羞怯的神情，发出呜呜的叫声，它温柔地亲了亲卡赞的肩和颈部，试图要把卡赞拖走，离开被动物们的足爪踏成了圆圈的地方。卡赞应答了，但在它的咽喉深处隆隆地响起了不祥的闷雷似的滚动声。它在灰狼旁边躺下了，迅速地舔了舔灰狼的脸，同时面对着陌生的雪橇犬。

月亮开始落下，越来越低，最后坠入西面森林之后。星星变得更苍白了，一个个从天上逐渐消失。过了片刻，北面泛起寒冷的微弱晨曦。黎明时分，硕大的哈士奇领头犬从它自己刨的雪洞里站起身来，返回到了老公驼鹿旁边。警觉的卡赞立刻起身，也靠在老公驼鹿边站着。它们俩头低垂着，颈脊毛发竖立，气势汹汹地绕圈行走。接着，哈士奇领头犬退缩了，卡赞在驼鹿颈部处蹲伏着，开始撕咬冰冻的驼鹿肉。卡赞并不饿，但它用这样的方式显示自己对驼鹿肉的所有权，以及对哈士奇领头犬的权力的蔑视。

哈士奇领头犬像影子似的悄悄溜开了，接着又突然站在灰狼跟前，嗅着灰狼的颈部和身子。然后，它呜呜地叫起来。那呜呜声蕴含着荒野动物的激情、暗示和需求。而忠实的灰狼却用闪光的尖牙咬入哈士奇的肩部，动作如此之快，几乎是眨眼之间。

一道灰色条纹——一道灰色、静止、可怕的条纹——一下子穿透了黎明前的灰暗。那是卡赞，它来了，它既没咆哮，也没有嗥叫，刹那间就与哈士奇领头犬搅在一起激烈打斗起来。

其他四条哈士奇犬快步跑来，在距离打斗者十几步远处站住等待着。灰狼平趴着。

硕大的哈士奇领头犬与有四分之一狼血的卡赞在打斗，但它们的打斗不像雪橇犬或狼那样的厮斗。好一会儿，愤怒和仇恨让它们变得像杂种狗那样打斗，撕扯成团。一会儿，这个被弄倒，一会儿，那个又倒下；但双方又迅速地变换了姿势，以至于让那四条等待的雪橇犬感到困惑，一动不动地站在那里。如果在其他情况下，它们会一拥而上，扑向第一个仰面倒下的打斗者，把它撕成碎片。这是狼和混血狼狗的做法。可现在，雪橇犬却站在一边，既犹豫又恐惧。

硕大的哈士奇领头犬从未在打斗中遭受过挫败，祖先给了它巨大的身躯和能够咬碎普通狗头的嘴颌。但卡赞体内不仅是狗和狼的结合，还融入了两者最佳的优点。此外，卡赞休息了几个小时，肚子也吃得饱饱的，这也成了它的优势。而且更重要的是，卡赞在为灰狼打斗。它的尖牙深深地咬入哈士奇领头犬的肩膀，而哈士奇巨犬的长牙洞穿了卡赞脖子上的皮肉。如果再深五厘米，就会刺穿卡赞的咽喉。对此，卡赞明白；同时，它咬碎了对手的肩骨。每时每刻——甚至打斗最激烈的时候——卡赞一直在提防，不让那些强劲的嘴颌再次得手。

最终攻击的时间到了，卡赞立刻脱身，往后一跳，其速度比狼还快。它的胸在滴血，但它没有感到疼痛。它们俩慢慢地开始绕着行走，那些观摩的雪橇犬们此刻正一步步地靠近，它们的嘴角因紧张流出了口水，红红的眼睛瞪得老大，它们在等待最后致命的时刻。它们都盯着哈士奇领头犬，它成了轴点，在卡赞绕着行走的大圈中间。哈士奇领头犬在转动，它看着卡赞，身子一瘸一拐，肩膀被咬碎了，耳朵平平地耷下了。

而卡赞呢，它的耳朵直立，脚轻轻地踏在雪地上。它重新恢复了往日打斗时所有的聪明、所有的小心谨慎，盲目的愤怒消失了。这会儿，卡赞好像在与最可恨的长爪山猫打斗。它围着哈士奇领头犬周旋了五圈，然后飞快地冲入圈里，用全身重量朝哈士奇领头犬的肩膀全力撞去。这一次，卡赞并没有想咬住哈士奇领头犬，而是向它的嘴颌猛击过去。在所有的攻击方式中，这算是最要命的，因为无情的裁决者正站在一旁等待着，一旦被征服者躺倒在地，那就是死亡。此时，哈士奇领头犬四肢离地，它被撞倒了，不幸地侧身滚下；随即，它的四个雪橇犬队友一拥而上，朝它扑来。在过去的日日月月里，这位长尖牙的头领在驾驭雪橇时时常欺负它们，现在，它们所有的仇恨都发泄在它的身上，哈士奇领头犬几乎被撕成了碎片。

　　卡赞昂首阔步走到灰狼身边，灰狼高兴地呜呜叫着，它的头搁在了卡赞的脖子上。两次，卡赞为它拼死打斗；两次，卡赞都赢了。在灰狼看不见的世界里，它的灵魂——如果它有灵魂的话，正朝着冰冷的灰色天空欢腾升起。它喘息着的胸脯紧贴着卡赞的肩部，它的伴侣撂倒了对手，此时此刻，灰狼在听着对手的骨肉遭受尖牙咬嚼的声音。

第十六章

呼　唤

卡赞与灰狼靠着冰冻的驼鹿肉度过了随后的日子。灰狼试图使卡赞进入森林和沼泽地，但没有成功。气温一天天地回升了，到了该狩猎的时候。灰狼想单独与卡赞在一起。但如同多数人那样，领导地位和权力激励了卡赞，让它有了新的感觉。以前，它率领狼群；现在，它成了雪橇犬的头领。如今，不仅灰狼在它侧面跟着它，还有四条哈士奇犬尾随其后。卡赞又体验到了几乎被遗忘的喜悦和奇异的激动。只有灰狼在那永恒失明的黑夜里感到恐惧，预感到卡赞新取得的统领地位可能会给自己带来危险。

整整三天三夜，它们一直留在驼鹿尸体附近，随时准备为保护驼鹿肉同别的动物打斗。不过，随着时间的流逝，它们的警惕性也渐渐放松了。到了第四天的夜晚，它们猎杀了一头年幼的雌鹿。卡赞领头追逐，它第一次把灰狼留在了原地，兴奋地让犬群跟在它的身后。它们追上了猎物，卡赞第一个跳起来，扑向猎物松软的咽喉。这些雪橇犬要等到卡赞开始撕扯雌鹿肉时，才敢开始吃。卡赞是头领。它会朝雪橇犬咆哮，把它们赶到一边。那些雪橇犬一见它那闪光的尖牙，就会颤抖地蹲伏在雪地上。

野蛮的欢喜让卡赞血液沸腾，它拥有的新权力，使它既兴奋又陶醉。随着日子一天一天过去，新的权力一点一点地取代了灰狼的位置。雌鹿被猎杀了，过了半小时，灰狼才赶到，修长的腿再无轻盈警觉的模样，也再无高兴时双耳翘起、头摇摆的表情了。灰狼没有吃多少雌鹿肉，它的脸总是朝着卡赞，无论卡赞走到何处，失明的双眼总在追随着它，仿佛每时每刻都在期待卡赞朝它发出旧日的信号——这种信号是它们在荒野单独相处之时，卡赞呼唤它而经常发出的低沉喉音。

作为雪橇犬的头领，卡赞的体内产生了某种奇怪的变化。对灰狼来说，如果卡赞的伙伴是群狼的话，把卡赞弄走不算是难事。然而，卡赞与它的同族伙伴在一起了，卡赞是犬，它们也是犬。于是，熄灭的、不再温暖卡赞的火焰又重新在它的体内燃烧起来。在卡赞与灰狼的生活中，有一件事可能对灰狼无所谓，但一直使卡赞感到烦恼，那就是寂寞。造物者创造了卡赞，让它具有需要伙伴的特性——不是一个伙伴，而是多个伙伴。也许，卡赞天生就会听命于人，服从人的口头指令。它从小就讨厌人，但它不讨厌犬类动物——卡赞有部分犬类血统。它乐意与灰狼在一起，但如果能和同血缘的兄弟们相伴，它更感到快乐。在很长一段时间里，卡赞与过去熟悉的生活无缘，它也忘却了狩猎的呼唤。只有灰狼才预料到了卡赞将会被引到何处。灰狼具有极其超常的本能，这是造物者给予的，替代了它失去的视力。

气温一天天地持续升高，终于，太阳变得格外暖和，雪开始一点点地融化了。自从在公驼鹿附近打斗后，时间已过了两周。慢慢地，雪橇犬们转向东行走，直至来到一处地方，这里远离原木堆下的旧巢八十多公里。灰狼渐渐开始思恋倒塌树木下的旧巢，向往之情比以往任何时候更为强烈。再者，春天伊始，有阳光，有空气，这也让灰狼盼望再次做母亲。

尽管灰狼努力了，它想把卡赞拽回去，可都徒劳无用。卡赞不顾灰狼的反对，它每天带着雪橇犬朝着东南方向行走，越走越远。

由于本能所致，四条哈士奇犬朝着那方向走去。它们在野

外待的时间并不长，尚未忘掉对人的依赖，它们所去的那个方向正好有人居住。这会儿，在那个方向，离它们不远的地方，是雪橇犬和它们已故的主人效忠的哈德逊湾公司的驿站。对此，卡赞一无所知。但有一天发生了一件事，使卡赞想起了往日的美景和欲望，从而更加大了它与灰狼之间的裂痕。

那一天，它们一行到了山脊顶，不知何事突然让它们停住了。原来是人的尖声叫喊。很久以前，那声音就是口令，经常搅动着卡赞血管里的血液——"莫乎嘘！莫乎嘘！莫乎嘘！"从山脊上朝下望去，下面是一片开阔的平原，在那里有六条犬套在一起，小跑在雪橇车的前面。在雪橇犬之后有一个人，他一边跑动，一边催促着雪橇犬，每跑两步，他就吆喝道："莫乎嘘！莫乎嘘！莫乎嘘！"

这四条哈士奇犬和卡赞站在山脊上，它们在颤抖，犹豫不决，而灰狼却畏缩在它们身后。直到那个人、那些雪橇犬和那雪橇消失后，它们才动弹，然后快步下了山脊，赶到雪橇路过的小径，兴奋地嗅着留下的踪迹，嘴里不住地发出呜呜声。它们沿着小径跟踪了一两公里，卡赞和它的伙伴们在小径上显得无所畏惧。可灰狼却犹犹豫豫的，它在右边行走，距离它们二十米远，热辣的人味通过它的大脑，使它的血液兴奋狂涌。如果不是爱着卡赞——它依然对卡赞忠贞不渝——灰狼才不会走得这么近呢。

在沼泽边，卡赞停住了，转身离开了小径。尽管它的欲望越来越强烈，但旧日的猜疑之心依然存在，无论如何也抹不掉——猜疑之心是卡赞四分之一狼血统所遗传的。它转身进入森林，灰狼高兴地发出呜呜声，它靠近了卡赞，与它肩挨着肩，并排行走。

之后，积雪快速地变成了"泥雪"。"泥雪"意味着春天的到来——人类的生活将注入荒野地带。不过一会儿，卡赞和它的伙伴们发现这种生活出现了，感到了这种生活的动静。现在，它们距离驿站不到五十公里了。在四周方圆百里之外，捕猎者带着隆冬时期捕获的兽皮纷纷赶来。东、西、南、北的所有小径皆通往驿站，星罗棋布的小径将它们团团围住。

持续不断的恐惧搞得灰狼心神不宁。虽然它眼睛看不见，但它知道它们处在人的威胁之中。对卡赞来说，所出现的这一切逐渐地打消了它的恐惧和猜疑。这一周，一连三次，卡赞听到了人的叫喊声——而且，有一次它还听到了一个白人的哈哈笑声和狗的吠声，当时狗的主人正给它们扔去日常吃的鱼食。在空中，卡赞嗅到了篝火刺鼻的气味。一天夜晚，从远处传来了断断续续粗犷的歌曲，随后又被犬群汪汪的吠叫声淹没了。

人的诱惑吸引着卡赞，虽然缓慢，但确实让卡赞一步步地走向驿站——今晚一公里、明天两公里，总之距离驿站越来越近了。对灰狼来说，它在抗争，尽管注定会失败，但它依然不懈地努力。从空中危险的气息里，它感到和卡赞最后分别的时间越来越近了，它将会被独自撇下。

在这些日子里，兽皮公司的驿站人员既忙碌又兴奋，天天有进账，日日有利润，不亦乐乎。这是荒野地带送交珍贵毛皮的时节，这些皮毛不久将被运往伦敦、巴黎以及欧洲各国的首都。今年，森林人要比往常多了一些关心的事情。瘟疫造成了可怕的破坏，只有在春季送交皮毛的猎人们赶来报到时，才会准确地知道谁死了，谁还活着。

最先到的，是南边的齐佩瓦族猎人，还有印第安人与白人混血的狩猎者，随他们来的是一队队在文明世界边缘生存着的杂种狗。紧随其后的，是西边荒地上的猎人，他们带来了许多白狐狸皮、驯鹿皮，以及一大群大足长腿的麦肯齐猎犬，这些猎犬像马似的拉雪橇，但如果哈士奇犬和爱斯基摩犬攻击它们的话，它们会像被鞭打的小狗那样哀嚎。此外，还有一群群拉布拉多犬，它们来自哈德逊湾附近，这种犬至死也不会服输，非常凶猛。一队又一队黄灰色的爱斯基摩雪橇犬也来了，它们碰见了比它们还大的、颜色更深的阿拉斯加雪橇犬。爱斯基摩雪橇犬的尖牙在撕咬时，动作同它们主人的手和脚一样非常敏捷，它们的主人脸色黝黑，跑得飞快。凶猛的哈士奇犬沿着小径从四面八方涌来，狼是它们的祖先，它们天生杀戮成性，一路上它们打斗、撕咬、咆哮——所有的犬类对哈士奇犬都抱有敌意。

犬类动物的打斗一直没有中断。猎犬们一到达，残忍的打斗就开始了。从黎明时分开始，持续了整整一天；夜晚，在篝火周围，打斗又继续进行。犬与犬之间、人与犬之间，争斗没完没了。雪被鲜血沾染，血迹蔓延四处，血腥味使犬的狼性变得更加凶猛。

每天每夜，总有五六群犬打斗到最后一息。那些死去的，主要是南边繁育的杂种狗——马士提夫犬、大丹犬、牧羊犬的混合体——以及动作慢得要死的麦肯齐猎犬。驿站四周，上百堆篝火烟雾升腾，在这些火堆旁，聚集着猎人的女人和孩子们。雪在融化，雪橇不再适用了。驿站的代理商威廉姆斯发现，还有很多人没有来，后来，他把这些人的账目从账本上划掉了，他明白，这些人是瘟疫的受害者。

　　终于，大狂欢节的夜晚到来了。数周数月以来，妇女、儿童、猎手们一直期盼着这个节日。在几十座森林木屋里，在被烟雾熏黑的圆锥形帐篷中，甚至在矮小的爱斯基摩人那冰冻的家里，都盼望着这个狂欢快乐的夜晚给生活增添活力。这是重要的热闹场面——兽皮公司每年为公司人员举办两次晚会，让他们尽情欢乐。

　　这一年，代理商格外卖力，目的是要消除瘟疫和死亡的记忆。威廉姆斯的猎人杀了四头驯鹿。大堆大堆的原木放在空地上，中间竖起了八个三米高的树桩，桩顶被分成两叉；在丫杈与丫杈之间放着一根粗壮的、剥了树皮的幼树，准备用来烤全驯鹿肉。黄昏时分，火点燃了；当火焰跃入漆黑夜晚时，威廉姆斯开始唱起了第一首北部地带荒野歌曲——《驯鹿之歌》。

　　"啊，驯鹿——呜——呜，驯鹿——呜——呜，
　　你在高处烘烤，
　　你在苍穹底下。

气孔又大又白，

驯鹿——呜——呜！"

"开始吧！"威廉姆斯喊道，"开始吧——大家一起来吧。"森林人被他的热情所感染了，他们从数月的沉默中觉醒过来，狂欢怒放的歌声迸发而出，直冲云霄。

雷鸣般的人声刚一响起，就传到了西南三公里远处卡赞、灰狼以及流浪的哈士奇犬的耳边。这会儿，在人声里，它们听到了犬群在兴奋地噪叫。哈士奇犬们面对着声音的方向，焦躁地动来动去，嘴里发出呜呜的叫声。卡赞像雕像一样站了好一会儿。然后，它转过头，先看了看灰狼。这时，灰狼已经偷偷地后退到五米之外，趴在厚厚的香脂灌木丛下。它的身子、腿、颈部紧贴在雪地上。虽然它没有发出声音，但它的嘴唇向后咧开，牙齿闪着白光。

卡赞小步跑回到灰狼的身边，它嗅了嗅灰狼的脸，同时嘴里发出呜呜的叫声。灰狼依然没有动弹。卡赞回到了雪橇犬那里，它的嘴颌噼啪噼啪地一张一合。狂热之声越来越清晰了，卡赞的领导力再也控制不住这四条哈士奇犬了，它们垂下头，像影子似的朝那方向溜走了。卡赞犹豫不决，它在催促灰狼，可灰狼的身子就是一动也不动。灰狼愿意跟着卡赞，即使面临火焰，它也不怕；可要面对人的话，那就不行了。没有一丝声响能够瞒住灰狼的耳朵。它听到了卡赞离开它时脚步快速落地的声音。不一会儿，它知道卡赞走了。这时候——直到此刻——它才抬起头，它那柔软的咽喉里一下响起了呜咽的哭泣。

这是灰狼对卡赞最后的呼唤。不过，人与犬的呼唤更为强烈，让卡赞周身的血液沸腾不已。哈士奇犬远在它的前面，可它疯狂地跑了一会儿就追上了它们。然后，卡赞放慢了速度，缓缓地又跑了一百米，便停了下来。向着不到两公里远的地方，卡赞看见了那里的一堆堆大火，火焰染红了天空。它转身凝视，看看灰狼是否跟在后面；然后，它又继续前行，直至碰到了一条较宽的、被踩硬的小径。小径上面有人和狗的脚印，还有一两天前两头驯鹿被拖走的印迹。

最后，卡赞到了林木稀疏的狭长地带，林木围着一片空地，熊熊的火焰映入了它的眼帘。这时候，混乱的声音传到了它的耳边，如同在它的脑袋里燃起了火焰。它听到了猎人的歌声、笑声，女人、孩童的尖叫声，以及数百条狗纠缠打斗的咆哮声。卡赞想冲过去，加入它们的行列，再次回到以前那种状态之中。它一点一点地溜过稀疏的林木，最终到了空地边缘。卡赞站在云杉树影下，望着它曾经经历过的生活，它在颤抖，在渴望；但在最后的时刻，它却犹豫了。

在一百米之外，人与狗全部围在火堆边狂欢。烤驯鹿的浓香气味填塞了卡赞的鼻孔，它蹲伏下来，依然保持着灰狼所传授的狼一般的警觉。这时候，有人用长杆把硕大的烤驯鹿猛地扔到火堆周围的融雪地上。众多的狂欢者持着出鞘的刀子，急匆匆地围了过去，大群狂吠的狗跟在他们身后也围了上来。转瞬间，卡赞忘记了灰狼，忘记了荒野地带教授它的所有一切，它像一条灰色的条纹穿过了开阔地。

当卡赞赶到它们跟前时，群犬们却向后涌动，代理商手下的五六个人正用驯鹿肠做的长鞭冲着群犬脸上抽打。有一鞭子落在了一条爱斯基摩犬的肩上，鞭打的剧痛使那条爱斯基摩犬朝着鞭子猛地咬过去，可它的尖牙撞着了卡赞的屁股。卡赞的动作快如闪电，它开始了报复。刹那间，它们的嘴颔碰在了一起。一转眼，它们都倒下了，卡赞咬住了爱斯基摩犬的咽喉。

人们一边高声喊叫，一边冲了进来。一次又一次，他们的鞭子像刀子似的在空中砍来砍去，鞭子落在了首当其冲的卡赞身上，它感到了一阵钻心的疼痛，这使它立刻想起了过去残酷的日子——棍棒和皮鞭敲打的岁月。卡赞咆哮起来。慢慢地，它松开了咬住爱斯基摩犬咽喉的嘴颔。此时此刻，在混乱的人群与犬堆里跳出另一人，他手拿一根棍棒！一棒下去，落在卡赞的背上，猛地把卡赞打趴在雪里。这根棍棒又举起了。棍棒的后面有一张脸——一张残暴的、火红的脸。就是这样的一张脸，使卡赞变得狂暴起来。当棍棒再次落下之时，卡赞避开了力量巨大的棒击，它的尖牙微光闪烁，如同象牙刀似的。棍棒又举起来了。这一次，卡赞跳到半空中迎上去，它的牙齿把那人的前臂撕开了一截长口子。

"哎哟！"那人痛得尖声大叫。当卡赞朝森林方向飞速奔跑的时候，它瞥见了一杆步枪枪管闪烁的微光。一粒子弹接踵而来，有点像烧红的煤块，在卡赞的屁股上划了一道长痕。卡赞一直跑到了森林深处才停下来，它舔了舔子弹擦过后留下的灼疼的深槽——子弹刚好擦破了皮毛，露出了肉。

灰狼依然在香脂树丛里等待着。见到卡赞回来了，灰狼高兴地窜出来迎接它。又一次，人类把卡赞送回到灰狼的身边。卡赞亲了亲灰狼的脸和颈部，它站了一会儿，头枕在灰狼的背上，耳朵听着远处传来的声音。

然后，卡赞平奄着耳朵，径直朝西北方向走去。灰狼肩并肩地同卡赞跑在一起，它又恢复了哈士奇犬们到来之前的模样。这是一件超出理性推理范畴的美妙之事，让灰狼意识到它又成了卡赞的伙伴和伴侣。当天夜晚，它们所走的小径一直通往原木堆下的老巢。

第十七章

卡赞的儿子

　　有三件事让卡赞最难以忘却。经过了若干夏季冬天，过去套着挽具拉雪橇的日子在卡赞的记忆中越来越淡漠了；尽管如此，卡赞也许不会完全忘得一干二净。像梦似的，卡赞回想起它来到文明世界的时候，一幅幅景象不时出现在它的眼前：第一个女人的面孔、主人们的面孔——对它来说——都是很久以前的情景了。此外，卡赞永远不会完全忘记那次的大火、与人和野兽的打斗，以及在月光下的长跑追逐。但是，有两件事总是与它同在，好像昨天刚发生似的，非常清晰、最难忘掉，如同北方天空的两颗星星，永远不失闪耀的光辉。第一件事是和女人有关。另一件事，是那天晚上在太阳石上的可怕厮斗，山猫弄瞎了灰狼的眼睛。某些事件让人刻骨铭心，同样，这些事件也会留在野兽们的记忆里。它既不需求大脑，也无须理性来衡量其幸福或悲伤的深度。卡赞以自己的非理性推理方式就知道什么是满足、和睦、饱腹、爱抚，以及通过女人向它传递的轻言细语，消解了皮鞭棍棒殴打的痛苦；卡赞也明白，在荒野地带的友谊——信任、忠诚、奉献——是灰狼所给予的。在寒冷饥荒的日子里，在沼泽地原木堆下，第三件难忘之事即将发生在它们为自己找到的巢里。

一个多月前，它们离开了沼泽地。当时，那里已经被积雪深埋了。等它们返回时，阳光温暖照耀，和煦的春天开启了美好的日子。所有的地方，无论大小，到处是哗哗的流水，冰雪在融化，碎冰噼啪作响，解冻的岩石、泥土、树木在消逝的雪水下显露出来。在过去许许多多的夜晚，冰冷苍白的北极光黯然失色，它已经悄悄地向北极更远处退去。杨树早早地开始冒出新芽，空气里弥漫着香脂树、云杉、雪松的香味。六个星期前，这里曾充斥着饥荒、死亡、寂静，而现在呢，卡赞和灰狼站在沼泽地边缘，呼吸着春天泥土的清香，聆听着生命的响动。在它们的头上，两只刚刚配成对的灰噪鸦在拍动翅膀，朝着它们呱呱直叫。一只快乐的大松鸡蹲在阳光下摆弄羽毛。再往远处，那里响起了重蹄下树枝的断裂声，卡赞和灰狼嗅到了身后山脊那边刺鼻的母熊气味。这头母熊正忙着为六周大的幼崽拨弄杨树嫩芽，幼崽是在母熊冬眠时出生的。

在温暖的阳光里，空中的香味向灰狼轻声吐露出伴侣和母性的秘密。灰狼轻声地呜呜叫着，用它的脸蹭着卡赞。一连好几天里，灰狼试图以它的方式告知卡赞。与往常相比，它越来越想蜷缩身子，躺在原木堆下温暖干燥的巢穴里。灰狼没心思狩猎了。干树枝在猎狗脚下的噼啪声，以及母熊和幼崽温暖的气味，丝毫未能激起灰狼体内旧日的本能。它想在老原木堆下蜷缩身子——等待着。而且，灰狼努力想让卡赞明白它的欲望。

现在，积雪消失了，卡赞和灰狼发现，它们与原木堆坐落的山丘之间有一条狭窄的小溪。面对小溪奔流的喧嚣声，灰狼竖起了耳朵。火灾那天，卡赞和灰狼躲在沙滩上才保住了性命，自此以后，它再没有那种狼对水与生俱来的恐惧了。灰狼大胆地，甚至迫不及待地跟在卡赞的身后；此刻，卡赞正在寻找可以涉水走过激流的地方。卡赞可以看到坐落在小溪另一边的大原木堆。灰狼也能够嗅到那木堆的气味，它愉快地呜呜叫着，同时转过脸，用失明的眼睛望着那边。在上游一百米远处，有一棵横倒在小溪上的大杉树。卡赞开始穿越溪水，灰狼犹豫了片刻后跟着走过去。它们肩并肩地向原木堆慢步跑去。巢穴的洞口里漆黑一团，它们的头和肩伸了进去；同时，它们久久地嗅着空中的气息，显得十分谨慎。最终，它们进去了。在舒适的洞穴里，卡赞听到灰狼的身子一下扑倒在干燥的地上。灰狼在喘息，但不是因为疲惫，而是满足和幸福的表现。黑暗中，卡赞的嘴颌垂下张开了。回到了老家，卡赞也感到高兴。卡赞走到灰狼的身边，灰狼气喘得更急了，它舔着卡赞的脸。这只有一个含义，这个卡赞明白。

卡赞躺在灰狼身边待了一会儿，它的耳朵在听，眼睛盯着巢穴口。然后，它开始嗅着原木墙。当它靠近巢穴口时，一股清新的气味忽然扑鼻而来。卡赞愣住了，毛发直立。继那清新气味之后，传来呜呜咽咽的婴儿似的唠叨声。原来是一头豪猪，它走进了巢穴口，接着又傻乎乎地继续前行，嘴上依然唠叨不休。豪猪婴儿般的举止使其生命变得神圣不可侵犯，即使碰到人，也是如此。卡赞以前听到过这样的声音，像其他的动物那样，它学会了怎样不理睬无害动物的存在。可眼下呢，卡赞没顾得上想一想它所见的是一头豪猪。如果卡赞咆哮一声，也许那头快乐的小家伙会尽快摇摇摆摆地离开此地，嘴里依然咿咿呀呀，自言自语。然而，卡赞首先判断的是，这是一头活物，它侵入了灰狼和它的家。卡赞本该等一天或一小时过去后，才发出咆哮声，把豪猪赶走，可它现在却扑了上去。

豪猪的唠叨声变得激越起来了，同时夹杂着像猪似的尖叫声，接着又响起断断续续的嚎叫。最后，打斗发生了。灰狼跳了起来，窜到巢穴口。豪猪蜷起身子，变成有千根刺的圆球，并滚到了几米远处。灰狼能够听到卡赞痛苦地来回奔跑，它遭受到了任何森林野兽都可能碰上的剧烈疼痛。卡赞的脸和鼻子成了豪猪的毛刺垫子。好一会儿，卡赞在湿润的泥土上一边滚动，一边疯了似的抓挠刺在它肉里的东西。像所有的撞上了温和豪猪的狗那样，它在原木堆周围一次又一次地来回跑动；它每跳一下，嘴里都会响起嗥叫声。灰狼冷静地接受了这件事。动物的生活可能不时地会出现幽默的时刻。如果有的话，灰狼见着的就是这个。它嗅到豪猪的气味，知道卡赞被扎了许多毛刺。由于无事可做，无仗可打，灰狼便蹲坐下等待着；卡赞疯狂地围着原木堆转圈，每次经过灰狼身边时，灰狼的耳朵就会竖起来。豪猪滚动了四五圈后，它的身子略微舒展了，中断的唠叨语声又开始了，它摇摇摆摆地向附近一棵杨树走去，然后爬上了树，开始啃起枝干的嫩树皮。

终于，卡赞在灰狼面前停住了。上百根小针头扎入了卡赞的肉体，最初的剧痛慢慢变成持续不断的、火烧般的疼痛。灰狼走到卡赞跟前用牙齿咬住两三根毛刺的端头，将它们拔了出来。这会儿，卡赞很像狗的样儿。灰狼猛地拔出第二串毛刺，卡赞立刻吠叫了一声，接着呜咽抽泣起来。之后，卡赞平趴在地，伸出前腿，闭上眼睛；它不再吭声了，只是偶尔疼痛得吠叫几下，它让灰狼继续为它拔刺。幸好，卡赞的嘴和舌头未受毛刺伤害，但它的鼻子和下颌很快被鲜血染红了。灰狼一直忠实地为卡赞清理身上的毛刺；一小时后，大部分的毛刺相继被拔了出来，只有少量的毛刺依然残留——这些毛刺太短，扎得又很深，灰狼的牙齿够不着。

　　此后，卡赞走到小溪边，将灼痛的鼻头伸进了冰冷的水里。这减轻了它的一些疼痛，不过仅仅维持了短暂时间。残留的毛刺像活物似的，以其特有的方式在卡赞的肉体里越扎越深。卡赞的鼻子、嘴唇开始肿胀了，血和唾液从嘴里滴下，它的眼睛变得越来越红了。两小时后，灰狼回到了原木堆下的巢穴里。有一根毛刺穿过了卡赞的嘴唇，慢慢地刺着它的舌头。在绝望中，卡赞使劲嚼着一块木头，终于折断了这根毛刺，使它不再刺痛卡赞。是大自然告诉了卡赞自救的办法。这一天，在大部分时间里，卡赞不是啃着木头，就是满口嘎吱嘎吱嚼着泥土和菌类。用这种方法，毛刺一旦穿入口腔，那倒钩齿状的毛刺尖不是变钝了，就是被折断。黄昏时分，卡赞爬进原木堆，灰狼用柔软清凉的舌头轻轻地舔着卡赞的鼻口。夜晚，卡赞频频出没于小溪边，它感到冰冷的水可以缓解疼痛。

第二天，卡赞患上了森林人所说的"豪猪腮腺炎"，它的脸肿得老大。如果灰狼是人，眼睛不瞎的话，看到卡赞的滑稽样儿准会笑出声的。它的两肋也肿胀了，像鼓起的靠垫，眼睛眯成了一道窄缝。它走到光线下，不停地眨巴着双眼，除了看得见盲眼伴侣之外，它几乎啥也看不清楚。不过，疼痛减轻了许多。当天夜晚，卡赞开始寻思如何进行狩猎。

第二天早晨天还未亮，卡赞就把一只兔子带回了巢穴里。几小时后，卡赞本可以给灰狼带回一只云杉鹧鸪，可它刚要朝那只长羽毛的猎物扑去时，豪猪轻柔的唠叨声从几米远处传了过来。卡赞突然停住了。能够让卡赞垂下尾巴的事并不多，但那只长满小刺的野兽发出的空洞、不连贯的唠叨声却让卡赞两腿夹尾，快速离去了。如果说人害怕并躲避缓慢爬行的蛇，那么，卡赞自此以后便会躲避这种森林的小动物；实际上，这种小动物是动物界的幽默者，也不寻衅惹事。

自卡赞与豪猪遭遇后，时间又过了两周。这会儿，白昼变长了，越来越暖和了，阳光明媚，是狩猎的好日子。最后的积雪在急速消融，大地渐渐冒出了新绿。巴可尼西藤的颜色一天比一天红了，杨树叶芽也开始分瓣了；岩脊上的石堆是阳光最充足的地方，那里的小雪花只剩下最后的炫耀，说明春天已经来临了。起初，灰狼常常与卡赞一道狩猎。它们没有走远，因为沼泽地带有许多小猎物，每天或每个晚上，它们都会找得到鲜肉。一周后,灰狼外出狩猎的次数越来越少了。不久,温馨的夜晚来临了,满满的圆月光亮闪烁。此时此刻,灰狼不愿离开原木堆,卡赞也不催促它,它本能地明白将要发生什么事。那天夜晚狩猎时,卡赞没有远离原木堆,当它返回时,还带来了一只兔子。

　　这天夜晚,从原木堆下最黑暗的角落,传来灰狼低沉的、要卡赞返回的咆哮。卡赞嘴衔住兔子,站在巢穴口。它没有因听到咆哮声而发起攻击,只是站立了一会儿,凝视着灰狼藏身的黑暗之处。接着,卡赞扔下兔子,直直地趴在巢穴口那里。过了一会儿,它不安地站起来,走到了外面。卡赞没有离开原木堆。当它再次进入巢穴时,已经是大白天了。卡赞嗅了嗅,那嗅探的样儿很像许久以前在太阳石顶上的动作。此刻,卡赞对空中的气味不再感到神秘了,它越走越近,灰狼也不咆哮了。当卡赞触摸着灰狼时,灰狼发出轻柔地呜呜声。这时候,卡赞的鼻头触到了一样东西。那东西既柔软又暖乎乎的,而且还发出一种奇怪的、抽噎的细小声音。卡赞的喉咙里响起了呜呜的回应声。在黑暗里,传来灰狼的舌头快速温柔的摩挲声。卡赞又返回到阳光之下,它在原木堆前伸直了身子,嘴颌垂下张开,感到了一种奇异的满足。

第十八章

巴利的教育

太阳石上的悲剧，一度夺走了卡赞和灰狼做父母的喜悦，如果当时大山猫没有进入它们的生活的话，卡赞和灰狼可就大不一样了。此事仿佛就发生在昨天，它们依然记得在月夜之下，山猫弄瞎了灰狼，杀了灰狼的幼崽，卡赞为自己和伴侣报仇雪恨，与敌人殊死搏斗。现在，这个弱小的生命紧紧依偎在灰狼的身边，灰狼透过失明的双眼，仿佛看到了那天夜晚悲惨的一幕，那画面比以往更加清晰。灰狼发出的每个声音都在颤抖，它随时准备飞跃而起，迎击看不见的敌人，撕裂除了卡赞以外的所有肉体。卡赞在看守，在护卫，它不停地站起来，哪怕听到一丝的声响。只要有阴影移动，它就起疑心；树枝噼啪一响，卡赞的上嘴唇就向后咧开；一旦湿润的空气送来奇怪的气息，卡赞就露出寒光闪烁的尖牙。在卡赞体内，太阳石的记忆、第一胎幼崽的死亡以及灰狼的致盲，让卡赞新生了另一种本能：无时无刻不失警觉性。就像人们认为太阳还会升起的那样，卡赞坚信它们的死敌迟早会悄悄地走出森林，向它们袭来，带来伤害和死亡。因此，无论是白天还是黑夜，卡赞都在等待，在守候，生怕山猫再次来犯。在灰狼做母亲最初的这几天里，任何动物如果胆敢靠近原木堆的话，灾祸就会落在它们的头上！

然而，在沼泽地带，平和与安宁带来了阳光和丰富的猎物。这里没有入侵者，只有聒噪的灰噪鸦、大眼睛的驼鹿鸟、喋喋不休的灌木麻雀，以及木鼠和白鼬。在最初的一两天过去后，卡赞便经常进入原木堆下，出入越来越频繁了。它不止一次地在灰狼身边嗅来嗅去，却只发现了一只幼崽。在西面稍远处居住着多格维布斯人，他们把这种幼崽称为巴利，原因是——其一，它无兄弟姐妹；其二，它是犬和狼的混合体。巴利的身子很光滑，是一个活泼可爱的小家伙。母亲的影响和关心无处不在，巴利变得像狼崽子那样非常敏捷，而不像小狗似的动作缓慢。

巴利紧紧地依偎在母亲身边，一直持续了整整三天，它感到很满足，饿了有吃的，还可以睡很长时间，而且灰狼柔情的舌头几乎不停地为它梳洗打扮。从第四天起，巴利变得越来越忙碌了，好奇之心无时无刻不在增加。它能认出母亲的脸；只要它一用力，就会翻滚倒地，四脚朝天。一次，巴利滚到了距离母亲三四十厘米远的地方，它完全迷失了方向，于是便抽噎起来以求帮助。之后，没过多久，巴利渐渐认同了卡赞，认为卡赞也像母亲一样；几乎不到一周的时间，巴利就愉快地把自己挪到卡赞前腿之间，并在那里睡着了。对此，卡赞不知所措。灰狼一声长叹，把头枕在卡赞一条前腿的对面，鼻子触碰着逃离的孩子，似乎这样才让它感到极大的宽心。可在这半小时里，卡赞没敢动弹一下。

十天后，巴利开始玩弄兔毛皮，它发现这样玩耍其乐无穷。没过多久，巴利有了第二个激动的发现——光与日照。时值下午过半，太阳照耀在某个地方，一缕明亮的光线穿过了原木堆顶上的缺口。起初，巴利只是盯着那金色的条纹；接着，它开始试着与光线一道玩耍，其动作就像在玩耍兔毛皮似的。此后，它每天一点一点地行走，离巢穴口越来越近，卡赞就是从那里走出原木堆，进入外面的大千世界的。

终于，这一时刻到来了，巴利抵达了巢穴口，它蹲伏在那里，眨巴着眼睛，对所见的一切感到害怕。现在，灰狼不再尽力阻碍巴利了，它只是走到阳光下，想呼唤巴利，让它到身边来。经过三天的时间，巴利渐渐适应了光亮，它可以随灰狼行走了。之后，巴利很快就喜欢上了阳光、温暖的空气、甜蜜的生活，它渐渐对封闭巢穴的黑暗——它出生的地方——感到畏惧。

巴利很快就会知道，这个世界并不是在它眼前最初出现的那样美好。一天，空中渐渐变得阴暗了，预示着暴风雨即将来临，灰狼试图哄着巴利回到原木堆下。第一次，灰狼提醒巴利，可它没有听懂。灰狼失败了，而大自然却给巴利上了第一堂课。暴雨倾盆而下，巴利身陷其中，它被摞倒了，平趴在地，感到格外恐慌。等灰狼用嘴衔住它时，巴利已经被雨淋透了，身子一半淹在水里。灰狼把它带到了避雨的地方。此后，在巴利的生命之初，它体验了一个又一个奇怪的事件。在随后的日子里，对巴利来说，最大的事件莫过于它好奇的鼻子触到了刚猎杀的、鲜血淋漓的兔肉。这是它首次尝到鲜血的滋味，又香又甜，让它感到了一种奇异的兴奋。从那以后，每当卡赞的嘴衔着什么东西回来时，巴利就知道这意味着什么了。不久，巴利开始拨弄棍棒，取代了与柔软皮毛的嬉戏，它的牙齿像小针似的变硬了，更锋利了。

终于，当卡赞带回一只大兔子的时候，那极其神秘之事便呈现在巴利的面前。卡赞衔着的兔子还活着，被扔在地上，因伤势严重，兔子已经不能跑动了。巴利知道了兔子和鹧鸪意味着什么——它喜欢香甜温暖的血，胜于它曾经嗜好的母亲的乳汁。不过，以前到它跟前的猎物都是死的，巴利从未见过一只活着的猎物。而现在呢，卡赞扔到地上的兔子脊背被折断了，但还在踢腿挣扎，吓得巴利往后退缩。好一会儿，巴利疑惑地看着卡赞的猎物在垂死挣扎。卡赞和灰狼似乎明白，这是巴利该上的第一课，教育它成为一名懂得杀戮的食肉动物。它们站在兔子旁边，对兔子的垂死挣扎无动于衷。灰狼一连五六次嗅了嗅兔子，然后转过脸，用失明的眼睛看着巴利。当灰狼第四次嗅着兔子的时候，卡赞就在距它不到一米远的地方平趴在地，它伸了伸身子，然后专心地观看事情的进展。每当灰狼低下头，触碰兔子之时，巴利就期待地竖起了小耳朵。它发现，啥事也没有发生，母亲也没有受伤。于是，它便一点一点地向兔子靠近。不一会儿，巴利就够着兔子了。它的四肢直挺，显得十分谨慎。它碰了碰那个还没有死的毛茸茸的东西。

在最后一次抽搐时，大兔子后腿屈膝踢打起来，这使巴利吓得向后趴下，恐惧地汪汪直叫。接着，巴利又重新站立起来，它第一次感到了愤怒，想回敬那踢打。屈腿踢脚使巴利的首次教育得以完成。它恢复了状态，看上去不那么谨慎小心了，只是四肢变得更僵硬了；片刻后，它的小牙齿咬入了兔子的颈部。巴利能够感觉到，在它的嘴里，那柔软的身子里生命在悸动，垂死的兔子的肌肉在抽搐。这是巴利的首次杀戮，它咬住牙不松口，直至再无生命的颤动。灰狼感到很高兴。它用舌头抚摸着巴利。卡赞也躬下身，满意地嗅了嗅它的儿子。血香甜温热，其滋味从未像今天这样让巴利感觉如此之好。

巴利很快从尝血动物过渡到食肉动物。由此，生命的奥秘一个接一个地向它展开——灰色的猫头鹰在交配之夜的咯咯叫喊、枯木倒下的轰然巨响、滚动的雷声、匆匆的流水、食鱼猫的厉声尖叫、驼鹿发出的哞哞之声，以及它的同族在远方的呼唤。然而，在所有这些奥秘里，最主要的算是嗅觉之谜，如今，这已经成为巴利的本能。一天，巴利离开了原木堆，在五十米之外游荡，它的小鼻子嗅到了兔子温热的气息。虽然巴利既无理性推理，又没有经过新的教育步骤，但它立刻就知道，如果想要获得自己喜爱的香肉甜血的话，就得循着那气味而去。于是，巴利沿着小径，慢慢前行，最后到了一棵大原木跟前。只见那只兔子纵身远跳，越过了原木，巴利转过身，往回走去。此后，巴利每天都外出独自探险。起初，它像一个没有指南针的探险家，置身于广漠而未知的世界。每天，它都会遇到新事物，总让它感到奇妙，又常常觉得可怕。不过，它的恐惧慢慢减弱了，信心相应增加了。巴利发现，它所害怕的东西一点儿也没有伤害它，它的胆子在冒险活动里变得越来越大了。此外，巴利的模样如同它对事物认识那样也在改变。矮胖的体形正在变化，变得轻盈快捷；黄色的绒毛变黑了，脊背像卡赞那样有一条灰白色条纹。像母亲那样，巴利的喉咙偏下，头优雅漂亮。除此之外，它长得完全像卡赞的样子。它的四肢预示着将来它既有力量又体格强壮。另外，巴利的胸部宽阔，两眼间距远，眼角有点显红。森林人知道，哈士奇幼犬是什么样儿的，如果幼犬从小就渐渐显出那种红颜色，这说明它们是野生的，其母亲或父亲来自荒野的野狼。在巴利身上，那种红色的痕迹非常明显，这只能说明：它有几乎一半狗的血统，但野狼的特性将永远与它同在。

一天，巴利与某个动物厮打起来了。这是它第一次真正的打斗，直到此时，它的遗传特征才完全得以显现。这一次，巴利比平时走得远——离原木堆整整一百米的距离。在这里，它发现了新的奇观——一条小溪。它以前听到过溪水声，在远处见过小溪——相距至少五十米。但今天，巴利冒险走到了溪水边，它在那里站了许久，溪水在脚下流淌，水波荡漾。巴利的眼睛越过了溪水，盯着它所看得见的新天地。接着，巴利小心翼翼地沿小溪行走，可还没走到十多步远时，附近突然出现了一个怒气冲冲的、拍动翅膀的家伙，一只凶猛的北方大眼蓝鹇鸟挡住了巴利的去路。这只鸟飞不起来了，它拖着一只翅膀，很可能在与某个较小的捕食野兽打斗时被折断了。然而，片刻间，巴利以为，这是一个令它非常吃惊的、挑衅的小家伙。

巴利浅灰色的背脊变得僵硬起来，它向前走去。受伤的蓝鹣鸟停在那里，一动不动，直至巴利离它不到一米远时，它才快速跳起向后退去。顿时，巴利的迟疑不决飞到了九霄云外。随着一声尖厉兴奋的吠叫，它扑向了这只"挑衅"的鸟儿。这场惊心动魄的比赛持续了一会儿，巴利锋利的小牙齿咬入蓝鹣鸟的羽毛。快如闪电的鸟喙开始攻击。蓝鹣鸟是较小的鸟类之王，它曾杀死过灌木雀、眼睛温柔的驼鹿鸟、啄木鸟。一次又一次，蓝鹣鸟用有力的鸟喙击打巴利，可卡赞的儿子现在已经到了打斗的年龄，击打的疼痛只能使它的牙齿越陷越深。最后，巴利咬住蓝鹣鸟的肌肉，它的咽喉里响起了小狗似的咆哮。幸好，巴利咬住的地方在翅膀的下面，蓝鹣鸟的鸟喙击打了十几次后，反抗慢慢减弱了。五分钟后，巴利松口了，它朝后退了一步，看了看面前瘫倒在地、一动不动的家伙——蓝鹣鸟死了。巴利赢得了第一场打斗。胜利奇妙地唤醒了最大的本能，使巴利意识到，在荒野生物奇妙的机制里，它不再是个游手好闲者，从此刻起，它成了这种机制的组成部分——巴利杀生了。

半小时后，灰狼循着巴利的踪迹过来了。蓝鹣鸟已经被撕成了碎片，羽毛散落一地。巴利的小鼻子沾着血迹，正得意扬扬地躺在猎物旁边。灰狼很快就明白了，它欢悦地亲吻着巴利。巴利衔着蓝鹀鸟，与母亲一起返回原木堆。

从巴利首次猎杀之日起，狩猎便成了它生活中主要的娱乐。白天在阳光下，夜晚在原木堆里，只要它没有休息，它就在寻找可以猎杀的生命。它猎杀了一窝木鼠。最初，对巴利来说，最容易追踪的是驼鹿鸟，它一共猎杀了三只。然后，它遇到了一只白貂，这只凶猛的森林小亡命徒让巴利尝到了第一次失败的滋味。失败让巴利的狂热平静下来了，同时也好好地教训了它，让它明白了，除它以外，还有其他尖牙利齿的食肉动物；它明白了，这是大自然的精心安排，让尖牙利齿动物不得随意自相残杀。于是，很多特性在巴利体内出现了。虽然它没有经历豪猪毛刺的折磨，可它会本能地避开豪猪。一天，与白貂打斗两周后，它面对面碰上了一只食鱼猫。它们俩都在寻找食物，但它们的食物并不相同，所以各走各的路了。

巴利总是沿着小溪行走，距离原木堆越走越远。有时候，它一去就是好几小时。起初，当巴利离开时，灰狼还感到担忧，过了一段时间，它的焦虑消失了，它很少同巴利一道出行。时光流逝，现在该轮到卡赞焦虑了。月夜来临，它的血管里流淌着漫游的迫切愿望。同样，灰狼也有了奇怪的欲望，期待在浩瀚的荒野地带四处游玩。

不久，在一个午后，巴利在外狩猎了很长时间。在将近一公里远处，它猎杀了第一只兔子。它待在猎物身边，直到黄昏时分。金黄色的大月亮升起了，月光洒满森林、平原、山脊，亮得像白昼似的。这是一个美好的夜晚。巴利看见了月亮，它离开了猎物，朝别的方向走去，离开了原木堆。

　　整个夜晚，灰狼一直在守候，在等待。当月亮最终沉入西南边时，它蹲坐下了，仰起脸向着天空，发出自巴利出生后的第一声嗥叫。灰狼又恢复到往日的状态中了。远处的巴利听到了叫声，但它没有回应。它有了新的世界，它告别了原木堆——它的家。

第十九章

侵占者

春夏之交是美好的时节，此时的北方，夜晚星光灿烂。此时，在两座山脊之间的山谷里，卡赞与灰狼开始了长时间的狩猎活动。漫游始于那些长着皮毛的有蹄野生动物，它们生于早春，年幼时便很快离开了母亲，到广漠的天地寻找自己的生活。这时候，卡赞和灰狼向西行走，离开了在沼泽地里原木堆下的家。它们的狩猎多在夜间，所到之处留下的痕迹不是吃过的兔子，就是鹧鸪的残骸。这是杀戮的季节，不是饥饿的日子。在沼泽地西部十公里处，它们猎杀了一只小鹿。一顿饱餐后，剩下的鹿肉也不要了。它们的胃充盈着温热的肉和血。慢慢地，它们的身子变得又圆又胖，脂肪也增加了，它们每天长时间地晒着太阳。它们的竞争对手很少。这里没有狼，山猫在南边的密林里，虽然小溪沿线有许多食鱼猫、貂鼠、水貂，但这些动物的狩猎速度不快，又无长长的尖牙。

一天，它们碰到了一只年迈的水獭。在它的同类中，这只水獭算得上庞然大物，随着夏季的来临，它的身子渐渐变成了灰白色。卡赞长胖了，变懒了，它无聊地看着水獭。盲眼灰狼在空气中嗅到了水獭的腥味。对它们来说，水獭不过是一根漂浮的棍棒，一只与鱼类为伍的动物，与它们毫无共同之处。卡赞和灰狼又继续赶路了，它们哪知道这个神秘的有鳍动物不久将在一次奇怪的致命争斗中成为它们的盟友。在荒野地带，动物们的争斗可谓血腥残暴，一点儿不亚于在人类社会人与人之间最为致命的斗争。

与水獭相遇后，灰狼和卡赞继续赶路，向西又走了三公里远，依然沿溪流而行。在这里，它们因遇到了障碍物，所以转朝北面山脊行走。障碍物是一座巨大的海狸水坝，宽度二百米，水坝蓄的水淹没了方圆一公里的沼泽地和树林。不管是灰狼还是卡赞，都对海狸不那么感兴趣；海狸同鱼、水獭、快速飞行的鸟儿一样，与它们都没有共同之处。

于是，卡赞和灰狼转身向北行走；殊不知大自然已经安排好了，将它们——犬、狼、水獭、海狸——投入一场在荒野地带的残忍厮斗，使其动物的生命保持优胜劣汰，持续繁衍。这些悲惨的历史深藏在星月之下，风儿也不述说这些故事。

多年以来，无人来过两脊之间的这个山谷干扰海狸的生活。如果萨尔西族的捕兽者沿着无名小溪，捉到了海狸的族长和首领的话，那么，他会立刻断定，所捕之物年纪很大，并且还会给它取个印第安语的名字。捕兽者会叫它断牙海狸，因为它有四根伐树筑坝的长牙，可其中一根折断了。六年前，断牙海狸带领几个与它年龄相近的海狸来到溪水下游，它们建起了第一座小水坝和第一个巢穴。到了四月，断牙海狸的伴侣生下了四只小海狸。在领地内，其他海狸母亲各自都有了两三只，甚至四只小海狸——海狸的数量增加了。第四年结束时，第一代的儿女们——如果它们遵循自然常规的话——会选择配偶，然后离开领地，去筑建自己的领地和巢穴。

第二代的儿女们长到四岁了，它们有了配偶，却没有离开此地，所以到了第六年的初夏，海狸领地变得像一座长期被敌人围困的大都市，巢穴的数量多达十五间，海狸超过了一百只，这还不算在三四月期间出生的第四代海狸呢。水坝延长了，长达整整二百米。蓄水大面积地淹没了桦木、杨木的生长之地，以及嫩柳、接骨木杂乱丛生的沼泽地带。尽管如此，食物越来越少了，巢穴变得过度拥挤。这是因为海狸几乎像人类那样，充满了爱家之情。在断牙海狸的巢穴里，现在居住着它的子子孙孙，共二十七只海狸。断牙海狸准备分开庞大的家族。就在卡赞和灰狼不经意间嗅到海狸领地浓烈的气味的时候，断牙海狸正在安排它的家庭，它和两个儿子将携带家属离开此地。

到目前为止，断牙海狸是公认的领地首领。其他的海狸没有一只体形长得像它那么大，力气也不及它。它厚实的身子足有一米长，体重至少三十公斤；它的尾巴长三十五厘米，宽十厘米。在寂静的夜晚，如果它猛地击打水面，击水的声音在四百米之外都能够听见。它的带蹼的后足比它的伴侣的后足要长两倍。毫无疑问，它是领地里游泳速度最快的海狸。

那天下午，灰狼和卡赞朝北走去。到了夜晚，天空依旧明亮。这时，断牙海狸爬到了坝顶，它抖了抖身子，然后低头向下看着跟在后面的大群海狸。在大池塘里，水波泛着星光，从水中闪现出许多移动的身躯。有几只年长的海狸跟着断牙海狸爬了上来，老族长又纵身跳进了位于大坝一侧的狭窄小溪里。这会儿，在星光下，移居者的身子闪亮柔软，它们跟着断牙海狸，三三两两地翻过了堤坝，同行的还有十几只三个月前才出生的小海狸。它们又快又轻松地沿溪流向下游旅行，年幼的海狸奋力游水，否则就跟不上它们的父母了。此行的海狸共四十只，断牙海狸领头游在最前面，后面跟着的有年长的负责筑坝的工海狸及负责警卫的兵海狸，再后面是海狸母亲和孩子们。

整个夜晚，海狸的旅行都没有停止。水獭是它们的死敌——比人还可怕。当海狸路过时，水獭却藏身于密集的柳树丛里。有时候，大自然神奇的安排超越了人的想象力。水獭天生就是渔业的管理者，以鱼类为食，同时也是海狸的灭绝者。也许，大自然告诉了水獭，太多的海狸水坝会阻碍产卵的鱼类流动，海狸多的地方，鱼儿常常少之又少。水獭也许由此推断出，它为什么捕到的鱼少了，为什么常常会挨饿。尽管水獭单枪匹马，不是整个部落敌人的对手，但它会设法破坏海狸的水坝。于是，在这场争斗中将会看到水獭是如何摧毁水坝的。同时，大自然已经巧妙地安排了卡赞和灰狼在争斗里扮演某个角色。

这天夜晚，断牙海狸歇息了十几次，考察沿岸的食物供给。虽然在两三处地方找到丰富的、可以维生的树皮，但这些地方难以筑建水坝。断牙海狸具有奇妙的筑建天分，远胜于它对食物的认识。所以，每次它继续前行时，没有一只海狸怀疑它的判断，都跟随它前行。清晨，它们穿过烈火烧过的地方，到了卡赞与灰狼栖息的沼泽地边缘。由于卡赞与灰狼发现并占有了这片沼泽地，所以所属权应该归于它们。在这里的每个地方，它们都留下了领地的标记。不过，断牙海狸是水上动物，它对气味不敏感。断牙海狸一路领先，进入了树林，行进的速度越来越缓慢了。刚一抵达卡赞与灰狼居住的原木堆旁，断牙海狸就停住了；接着，它爬上岸，用带蹼的后足和宽大的、近两公斤重的尾巴支撑着，垂直立起身子。它发现，这里的环境异常理想，在狭窄的溪流间很容易筑建水坝，蓄水淹没的地方将有大片可供食用的杨树、桦树、柳树、桤木。此外，这地方冬天温暖，因为有密林掩蔽。断牙海狸很快就让它的追随者明白，这里将是它们的新家。于是，海狸们从溪水两侧涌入附近的树林，年幼的海狸立刻开始饥饿地啃食柳树和桤木的嫩树皮。这会儿，年老的海狸个个都成了施工建造者，兴冲冲地进行实地勘察，不时地啃一口树皮充饥。

　　断牙海狸选定了一棵溪水边的大桦树，接着就用它的三根长牙和二十五厘米长的牙桩开始砍伐。虽然老族长失去了一根长牙，但其余的三根牙并没有因年龄的增长而退化。长牙外刃是最硬的牙釉质构成的，内侧为柔软的象牙质；这些长牙像最好的钢凿，牙釉质从不因摩擦而损耗，柔软的象牙质会逐年自我更新。断牙海狸蹲坐在后腿上，爪靠着树，又大又沉的尾巴稳稳地平衡着身子。它开始啃树了，绕着树啃出了一个狭窄的环圈。断牙海狸不知疲倦地工作了好几个小时后，才终于停下来休息，另一只海狸接替了它。与此同时，十几只海狸在努力伐木。很快，一棵较小的白杨树坠入水里。大桦树则需要二十小时的砍伐才会横倒在溪水里。海狸喜欢在夜间干活，但它们白天也干活。第二天，断牙海狸只让它的伙伴们稍稍休息了一会儿。这些小筑造者几乎跟人类一样聪明，它们不停地干活。

终于，小一点的树木都伐倒了，并被切成一米半长。海狸们用头和前爪推动这些木材，木材一根又一根地滚入溪流里。凭借尾巴和短小的四肢，它们又将这些木材牢牢地与桦树拴在了一起。框架结构完成后，奇妙的土建工程开始了。在这方面，海狸远胜于人类，只有炸药的威力才能破坏它们现在筑建的东西。海狸从岸上取来泥土和细枝的混合物，装入杯子形状的下颌里，一次运载二百克到四百克，用这些混合物来填充框架结构。它们的工作量似乎非常巨大，但在一天一夜之间，断牙海狸领导的筑造者们能够搬运这种混合物达一吨之多。三天后，水开始上涨，一直涨到十几棵树桩那么高了，同时淹没了一小片灌木丛。这让海狸的工作变得更轻松了。从这会儿起，建筑材料可以在水里砍伐，也容易将材料通过漂浮来运输。一部分海狸做着搬运工作，其余的海狸们不停地砍伐树木，并用桦树条把砍伐的树木一根根地首尾连接，铺成宽三十米的水坝基础框架。

　　一天早晨，当卡赞和灰狼返回沼泽地带时，海狸的工程已经接近完成了。

第二十章

荒野的争斗

当卡赞和灰狼还在八百米开外时，东南方向吹来的和风就让灰狼嗅到了入侵者的气味。灰狼提醒了卡赞，卡赞也发现了空中的奇怪气味。它们越往前走，气味越浓。当它们距离原木堆二百米远时，就听见树木倒塌的哗哗声，它们停住了。足足一分钟，它们紧张地站着，仔细倾听。过了一会儿，四周的寂静被吱吱的尖叫声和随后的水溅声打破了。灰狼的耳朵警惕地向后耷拉，它转过脸向卡赞示意。接着，它们慢跑前行，从后面靠近原木堆。它们到达了原木堆坐落的山丘顶部，直到此时，卡赞才见着了当它们外出期间所发生的神奇变化。它们惊讶地站着，卡赞瞪眼凝视。它们下面不再是一条小溪了，那里变成了一座水塘，水塘的水几乎漫到了山丘脚下。这座水塘足足有三十米宽，回流的水淹没了树木、灌木丛，朝着火烧过的地带蔓延，水淹没的长度是水塘宽度的五六倍。卡赞和灰狼悄悄地走过去，工海狸们嗅觉迟钝，没有发现它们。断牙海狸在距它们不到十五米的地方，正在啃着一棵树桩。在断牙海狸右边不远处，有四五只年幼的海狸正在玩耍，用泥土和小树枝筑建一座微型水坝。池塘对面，是一座陡峭的、两米高的河岸，在那里，有几只大一点的海狸，它们两岁了，但还没有成为工海狸。这会儿，它们正在攀登河堤，它们把河堤当成了雪橇滑道，玩耍得很开心。卡赞和灰狼听到的声音，就是它们滑下河时溅起的水声。年纪大的海狸们正在十几处不同的地方忙于它们的工作。

几周前，当卡赞从断牙海狸的旧居返回北边时，它见过类似这样的场景。当时，卡赞并无兴趣关心它们：海狸的肉难吃，气味又难闻。可现在，快速的变化令它浑身颤动。它们已不再是单纯的水上动物了，它们是入侵者——是敌人。卡赞悄悄地露出尖牙，绷紧了前腿和两肩，露出了肌肉，脊背上的毛直挺竖立，像刷子上的钢毛似的。卡赞一声不响地冲下去，扑向断牙海狸。老海狸没有察觉，直到卡赞离它不到六米时，它才发现了危险。断牙海狸在陆上移动缓慢，霎时间，它愣住了，站立不动；紧接着，它立刻转身，从树上下来。此时此刻，卡赞已经扑倒在它的身上。由于卡赞冲劲凶猛，使得它们一直朝岸边滚动。转眼间，海狸又厚又重的身子在卡赞下面滑溜地移走，它自身安全了，只是肥胖的尾巴被咬穿了两个孔眼。卡赞试图死死地抓住断牙海狸，但没有得逞，于是，它飞速向右跳去。年幼的海狸没有动弹，眼前所见的一切让它们感到惊讶，也吓住了它们。小海狸站在那里，好像都愣住了，直至看见卡赞朝它们飞奔而来，方才醒悟动弹起来。有三只海狸到了水里，可另外两只海狸——它们至多不过三个月大小——

动作太慢了。只听卡赞的嘴颌噼啪一响，一只小海狸的脊背就断了；另一只被踩住了咽喉，卡赞摇晃着它，就像猎狐狗抖动老鼠似的。当灰狼小跑到卡赞的身边时，这两只小海狸已经死了。灰狼嗅了嗅柔软的、幼小的身子，嘴里响起了呜呜的哀鸣。也许，这些年幼的动物让灰狼想起了它的孩子——离家出走的巴利，因为灰狼嗅着它们时，发出的呜呜声满含着思恋之情——这是母亲的哀鸣。

灰狼想到了自己的孩子，对此，卡赞却一无所知。它猎杀了两只胆敢入侵它们家园的动物。卡赞残忍地对待小海狸，这与山猫在太阳石上谋杀灰狼的第一胎孩子们没有区别。它的牙齿咬入敌人的肉体，它的血液里充满了疯狂的猎杀欲望。卡赞沿着水塘边不停地怒吼，朝着荡漾的水波露齿嗥叫。断牙海狸已经消失在水下了，所有的海狸都躲入了水塘里，水面上下起伏，水下很多物体在来回穿梭。卡赞来到水坝尽头处——这地方是新修起的。卡赞本能地意识到，这都是断牙海狸和那些海狸干的。好一会儿，卡赞凶狠地撕扯着缠结的树干枯枝。这时，在水坝附近，距离岸边十五米处，水忽然涌起，断牙海狸露出了硕大的灰色脑袋。它们相隔一定距离，互相打量对方，紧张地僵持了半分钟。然后，断牙海狸拖着湿漉亮闪的身子，出了水塘，到了坝顶，面对卡赞趴在地上。老族长独自现身，身边并无其他海狸。

这会儿，水塘表面变得平静了。卡赞试图找到一块立足的地方，抓住正在观察它的入侵者，但它没有找到。在坚实的坝墙与小溪岸之间，是一道缠结紊乱的框架，水冲过此处，显得有些湍急。有三次，卡赞奋力想通过缠结紊乱的框架，但三次它都以突然栽入水里而告终。在此期间，断牙海狸没有动弹。最后，卡赞放弃了，老族长也溜过水坝边缘，消失在水里。它知道了，卡赞像山猫那样不谙水性，它把这消息告知了其他伙伴。

灰狼和卡赞回到了原木堆，躺在温暖的阳光下。半小时后，断牙海狸拖着身子出来了，到了水塘对岸。其余的海狸跟在后面。一水之隔，它们又开始干活了，好像啥事也没有发生似的。伐树者返回到砍伐树木的地方，六七只海狸在水下干活，运载黏土和树枝。水塘中央是一条死亡线，没有一只海狸越过此处。但在随后的时间里，其中一只海狸一连十几次游到死亡线边，在那儿歇息，同时看着被卡赞猎杀的、闪着亮光的幼崽尸首。也许，它是小海狸的母亲；也许是一些更微妙的，只有灰狼意识到了，却不为卡赞所知的原因吧。灰狼两次走过去，嗅了嗅幼崽的尸首。每次——虽然看不见——它朝那里走去，正是母亲海狸来到死亡线之时。

最初的强烈敌意已经从卡赞的血液里消失了。这会儿，卡赞正在仔细地观察海狸。它发现，这些海狸不是好斗者。在多对一的情况下，它们像兔子那样纷纷逃走，离它而去，甚至断牙海狸也没有侵袭它。卡赞渐渐地发现，对付这些水路两栖的入侵动物就得像猎杀兔子和松鸡那样，悄悄跟踪。于是，刚到下午，卡赞就溜进灌木丛，灰狼跟在它的身后。卡赞悄悄靠近兔子时，开始总是采用远离兔子的方法；现在，它把这种狼的招数用来对付海狸了。在原木堆外的地方，卡赞转过身，顺着风朝小溪上游小跑过去。小溪有八百米长的水域变得比以往更深了。有一块它们经常涉水的地方完全淹没于水下，卡赞只好跳入小溪游了过去，让灰狼在原木堆一侧的溪水边等着它。

卡赞独自朝着水坝方向快速前行，从小溪往后行走了二百米。在水坝下，二十米之外，有一片稠密的桤木和柳树灌木丛，这片丛林距离小溪很近，卡赞利用了此地。它趴下了身子，贴近地面，悄悄地靠近水坝，距离水坝不到一两次跳跃那么长的距离了。一旦有机会，它就会纵身跳出去。大部分海狸在水下干活。虽然有四五只海狸依旧在岸边，但靠近溪水，距离上游还有一段距离。卡赞等了几分钟，就在它几乎快不顾一切朝敌人奔去之时，坝上突然出现了动静，引起了它的注意。原来有两三只海狸在那里忙着用黏土加固中心结构。于是，卡赞从隐蔽的地方飞速地冲到了水坝背后的遮蔽处。这里水很浅，是溪水的主体部分，有一条通道一直延伸到对岸附近。卡赞蹚水走过去，所过之处，水还未淹及它的腹部。卡赞完全避开了海狸，风也对它有利，流水的喧闹声淹没了它弄出的那点儿声音。不过一会儿，卡赞就听到了来自它头顶上的工海狸的声音。倒下的桦树枝让卡赞站稳了脚跟，它往上爬去。

片刻后，卡赞的头和肩出现在坝顶上，距离断牙海狸几乎只有一臂之远。此时此刻，断牙海狸正用力把一根杨树推到合适的位置。这根杨树长近一米，与人的胳膊一样粗。断牙海狸太忙了，没有听见，也没有看到卡赞。当卡赞一头扎进水塘时，另一只海狸才发出警报。断牙海狸抬起头，一眼看见了卡赞露出的尖牙，这时已经没工夫转身了。断牙海狸匆忙后退，可为时已晚。卡赞朝它扑来，长长的尖牙深深地陷入了断牙海狸的颈部。不过，断牙海狸在抽身后退之际，使卡赞立脚不稳，倒在了地上。与此同时，断牙海狸的凿刀似的牙齿牢牢地夹住了卡赞咽喉部位松弛的皮。双方扭成一团，跌入水塘的深水区，卡赞的长牙差一点儿就咬住了断牙海狸的咽喉。

　　断牙海狸虽然很重，但当它一触到水时，就如同鱼儿得水一般轻快；同时，它顽强地咬住卡赞的颈部，像一大块铁似的往下沉。卡赞被完全拉下水了，水涌进了它的口、鼻、眼、耳。它双眼漆黑，只觉得四周一片吼叫喧闹声。尽管如此，卡赞没有奋力挣脱；相反，它屏住呼吸，死死咬住断牙海狸，牙齿越陷越深。过了一会儿，卡赞松口了——重要的是自己活命，而不是要断牙海狸的性命。凭借强健的四肢力量，卡赞拼命挣扎，要脱离困境——浮到水面，呼吸空气。它闭上了嘴颌，因为它知道，在水里一旦呼吸，就会死亡。在陆地上，卡赞能够毫不费力地摆脱断牙海狸的纠缠，但在水里，断牙海狸也咬着它，比山猫的长牙更厉害。忽然，水开始旋转了，另一只海狸在打斗双方附近循环转动。如果这只海狸和断牙海狸围住了它的话，那么，卡赞的挣扎将很快停止。

　　老天没有预见到断牙海狸同卡赞打斗的时间。老海狸并非一定要把卡赞留在水下不可。海狸不记仇，不是嗜血的、欲置对手于死地的动物。断牙海狸发现对手松口了——这真是个奇怪的对手，两次扑在它的身上，却未能伤害它——断牙海狸咬紧的牙齿也松开了。对卡赞来说，这一举动来得真及时。它浮到了水面，还在有气无力地挣扎。虽然大半身还淹在水里，但它举起了前爪，成功地抓住了水坝上伸出的一根细长枝条。这让卡赞有时间把空气吸入肺里，咳出差点儿让它窒息的水。卡赞紧贴着这根枝条，一直待了十分钟，才敢试着朝最近的岸边游去。到了岸边，卡赞无力地拖着身子上了岸。它全身无一丝力气，四肢发抖，嘴颌松垮悬垂。卡赞被打败了——彻底被击败了——而且是被一只没有尖牙的动物战胜了。为此，卡赞觉得羞愧。它浑身湿透了，灰溜溜地朝原木堆走去，然后躺在阳光下，等着灰狼。

在之后的日子里，卡赞想消灭海狸这个欲望变得极为强烈。水坝一天比一天变得更可怕了。在水下，海狸的土建工作进行得又快又安全，水塘里的水夜以继日地越升越高，水塘面积在不断扩大。现在，池塘成了洼地，包围了原木堆。再过一两周，如果海狸继续施工的话，卡赞和灰狼的家不就成了在大片淹没的沼泽中心的一座小岛了吗？

现在，卡赞只为家园而猎杀，不为取乐而杀戮。它不停地寻找机会扑向断牙海狸部落里的那些放松警惕的成员。在水下打斗后第三天，它猎杀了一只距离柳树丛太近的大海狸。第五天，有两只年幼的海狸游荡在位于原木堆后面被水淹没的洼地里，卡赞在浅水处抓住了它们，把它们撕成了碎片。受到袭击后，海狸便经常在夜间工作了。然而，这对卡赞更有利，它可是个夜间狩猎者。一连两个晚上，卡赞每晚都能猎杀一只海狸。在水獭来到前，加上小海狸，它一共猎杀了七只。

断牙海狸从未遇到过像现在这样被两个异常阴险的、凶恶的敌人两面攻击的情形。在岸上，卡赞速度快，嗅觉灵敏，打斗时诡计多端，断牙海狸不是它的对手。在水下，水獭的威胁更大。与它捕捉为食的鱼儿相比较，水獭的速度还更快些。它的牙齿像钢针，身子滑溜溜的，海狸要想用凿子似的牙齿抓住水獭简直不可能。水獭同海狸一样，不是嗜血动物。然而，在整个北方地带，在同一类型的动物里，它算是最大的破坏者——甚至比人还有过之而无不及。水獭来来去去，如瘟疫一般。隆冬时期，它的破坏性最大。在那些时候，水獭没有攻击待在舒适巢穴的海狸，但它所干的却是人们爆破时必做的——弄出像炮眼似的隙缝，洞穿海狸的水坝。很快，水会下降，水面冻结的冰会崩塌，让海狸的巢穴四周处于无水的困境。接着，海狸会面临死亡——因为饥饿与寒冷。一旦保护海狸巢穴的水消失了，排干的水池就留下一堆堆乱七八糟的碎冰块，气温会降至零下四五十度，海狸在几小时内就会死去。虽然海狸皮厚，但它不如人抗冻。在漫长的冬季里，水对于海狸就像火对于人类那样非常重要。

幸好，现在是夏天，食物充足，天气温暖。断牙海狸和它的族群对水獭没有太大的恐惧，只需多花费一些劳动来修复水獭破坏的地方。水獭一连两天嬉戏玩耍，往来于水坝与水塘深水区。一开始，卡赞以为水獭就是海狸，试图偷偷靠近它，但都没有成功。水獭对卡赞有戒心，与它保持较远的距离。它们俩谁也不知道对方就是自己的盟友。与此同时，海狸继续劳作，但变得格外小心了。这会儿，水塘的水已经上涨到某个地方，建筑者们在那里已经建起三座巢穴。第三天，水獭具有的破坏天性开始显现了。它靠近水坝地基，开始观察大坝。没过多久，水獭就发现了一个薄弱点，于是就在那里不停地劳作，用锋利的牙齿和子弹似的小脑袋开始钻孔作业。一厘米又一厘米，水獭按照自己的方式洞穿水坝，它刨土，上下啃木料，不停地凿穿树枝和黏土的混合物。它弄出的圆孔直径接近二十厘米。不到六小时，它就凿穿了一米多长的水坝底部。

一股激流开始从水塘涌出，仿佛是水泵强力抽出来的。当此事发生时，卡赞和灰狼正藏在水塘南侧的柳树林里。激流穿过孔隙喷薄而出，轰鸣声传到了它们的耳边；同时，卡赞看见水獭爬到了水坝顶部，像硕大的水鼠那样抖动身子。不到三十分钟，水塘的水明显下降了，水从洞口涌出，水的压力在不断增大排水量。再过半小时，原来已经铺好的、深入水下二十五厘米的三座巢穴地基将会显露在泥浆上。直到此时，断牙海狸才发现水从房子那里退下去了，断牙海狸格外惊惶，它立刻发出了警报。不久，领地的所有海狸在水塘四处急促狂奔，快速地从水塘这一边游到另一边。这会儿，它们根本顾不上死亡中心线了。断牙海狸和年老的工海狸朝水坝奔去。水獭一声咆哮，纵身跳入海狸中间，接着像闪电一般跃到水塘上方的小溪里。水在快速下降，持续下降的水让海狸愈发变得骚动不安。它们忘记了卡赞和灰狼。

有几只年幼的海狸拖着身子上了岸，来到水塘一侧的原木堆那边。卡赞轻声地呜呜叫着，它准备穿过柳树林，悄悄地溜回到原木堆。可就在此时，一只年长的老海狸穿过靠近卡赞埋伏地点的深泥滩，摇摇摆摆地走了过来。卡赞三跳两跳就扑到了它的身上，灰狼也跳着跟在后面。其余的海狸看见泥泞里激烈的厮斗，便飞快地朝水塘另一边穿越而去。

水退去了，原先宽大的水面已经缩小了一半，断牙海狸和它的工海狸这才发现水坝壁上的缺口。修复工作立刻开始了。这项工程需要大一点的树枝和灌木，而要弄到这些材料，海狸不得不拖着沉重的身子，穿过十至十五米宽的地方，那里因水位下降而留下了满地淤泥。狼牙的危险不再使它们退缩了。它们本能地意识到，它们在为生存而斗争——如果缺口没有填满，水没有留在塘里，很快它们将彻底暴露，被敌人发现。

这一天，是灰狼和卡赞杀戮的日子。它们在靠近柳树林的淤泥地里猎杀了两只海狸。然后，它们越过位于水坝下方的小溪，在原木堆背后的洼地里挡住了三只海狸。这些海狸无一幸免，全都被撕成了碎片。在小溪上游较远处，卡赞还捉住并猎杀了一只小海狸。

傍晚时分，杀戮结束了。断牙海狸和勇敢的建筑者们终于修补好了缺口，水塘里的水又开始上升了。

在小溪上方八百米远处，这只大水獭蹲在一根原木上，沐浴着夕阳最后的余晖。明天，它还会去再搞一次破坏活动。对它来说，这是它玩耍的方式。

太阳最终低下了头，怜悯地望着断牙海狸和惨遭死神打击的部落。在最后的夕阳照耀下，卡赞和灰狼悄悄地溜到小溪上游，去寻找在原木上半睡半醒的、晒着太阳的水獭。

水獭劳作了一天，肚子又吃得太饱，再加上躺在一片温暖的阳光下，因此昏昏欲睡。水獭平躺在原木上，像原木一样一动也不动。这只水獭长得很大，灰颜色，已经老了。它活了十年，这说明它比人聪明，因为给它设置的圈套无一成功。陷阱捕猎者们办法甚多，他们利用岩石和树制作了很窄的水闸式的圈套，放置在小溪水流里，但老水獭挫败了他们的计谋，避开了等候它的每个水闸圈套下的钢卡爪。水獭在淤泥里留下的踪迹显示出它的体积。一些陷阱捕猎者也见过它。如果不是因为它聪明的话，它那柔软的皮毛早就被运往伦敦、巴黎或柏林了。它的皮毛必定会受到公主、公爵甚至皇帝的青睐。它活了十年，躲过了富人的需求。

不过，现在是夏季，陷阱捕猎者不猎杀水獭，因为这时候的毛皮没有价值。大自然告知了它，它也本能地意识到了。在这个季节，水獭不怕人，因为无人伤害它。所以，它睡在原木上，忘却了一切，舒适地睡着，享受着阳光的温暖。

卡赞和灰狼悄悄行走，继续寻找侵入它们领地的、长有柔软皮毛的敌人。卡赞溜到了小溪边，灰狼跟着卡赞，一直靠近它的肩部。它们没有弄出一丝声响。风迎面吹来，给它们送来不同的气味，其中有水獭的气息。对卡赞和灰狼来说，这是水上动物的气味，又臭又腥，它们把水獭当成了海狸。它们继续小心前行。

不久，卡赞看见了睡在原木上的大水獭，它提醒了灰狼。灰狼停住了，昂头站立；与此同时，卡赞悄无声息地向前走去。水獭在不安地翻动身子。天渐渐暗了下来，满地金色的阳光已经消失了，猫头鹰在后面昏暗的树林里发出第一声低沉的叫喊，以迎接夜晚的来临。水獭深吸了一口气，留有胡须的鼻口抽搐了一下。它醒来了，动了动身子。就在此时，卡赞一下扑到了它的身上。如果面对面，公平打斗，老水獭会表现得很出色，可现在没有机会了。在它的生活里，荒野地带第一次成了它的致命之敌。卡赞的尖牙深陷进了水獭柔软的颈部。也许，水獭至死也不知道是谁扑在了它的身上。水獭很快丢了命，卡赞和灰狼又按照自己的方式，继续寻找要杀戮的敌人，它们哪知道，被猎杀的水獭是一个会把海狸驱赶出它们的沼泽之家的盟友。

在接下来的日子里，卡赞和灰狼感到越来越没有希望了。水獭死后，断牙海狸和它的部落轻易地取胜了。水一点一点地回到了原木堆周围的洼地里。到了七月中旬，连接原木堆与沼泽旱地的陆路只剩下了一条狭窄的地带。海狸在深水里劳作，不受任何干扰。水一点一点地上涨，直到有一天，水开始漫过那条狭窄的连接地带。卡赞和灰狼走出它们的原木堆之家，最后一次走过连接地带，朝坐落在两个山脊之间的溪水上游行进。这会儿，在它们看来，小溪具有了新的含义，它们一边行走，一边蛮有兴趣地嗅着小溪的气味，倾听着从未知晓的声音。

　　海狸打败了卡赞和灰狼。它们使用的招数似乎让卡赞和灰狼想起了人类。虽然里面夹杂着一点儿恐惧，但蛮有趣味的。那天夜晚，当又白又大的月亮光芒四射之时，卡赞和灰狼来到了断牙海狸离去的，但依然有海狸领地气味的地方，然后，它们又迅速转向北边，进入了平原。就这样，勇敢的老断牙海狸教训了卡赞和灰狼，要它们尊重它部落的同胞和它们的建筑杰作。

第二十一章

沙滩上的枪声

七八月是北部的火灾季节。卡赞和灰狼的沼泽之家，以及两个山脊间的绿色山谷逃脱了毁灭性的火海肆虐。可现在，它们又开始了漫游之旅，没过多久，它们的足爪就触到了前年冬季瘟疫和饥饿后被烤焦并变黑的荒凉之地。卡赞被海狸赶出了家园后，感到了耻辱和失败，它带领盲眼伴侣先去了南边。它们来到了离山脊三十多公里远的、被火烧过的森林。当时，风从哈德逊湾吹来，驱赶着一望无际的火焰一路西行，所过之处没有留下生命的痕迹，甚至没有一小块绿地。盲眼灰狼虽然看不见，但它感觉到了。这让它想起了在太阳石上厮斗过后所发生的那次火灾。灰狼意识到，它们寻找的狩猎场地在北边，不在南部。然而，卡赞体内的狗性依然引导着它南行。它不是在寻找人类，因为对卡赞来说，人现在已经成了它和灰狼共同的死敌。南行仅仅是狗性本能使然。面临火灾之时，狼会本能地朝北行走。就在第三天即将过去之时，灰狼终于赢了。它们重新穿过山脊间的小山谷，旋即朝西北方向走去，进入了阿萨巴斯卡区域，然后到了一条河道，这条河道最终把它们引到了麦克法兰河的源头地区。

去年秋末，一个淘金者来到了位于奴河边的史密斯堡，他带着一个咸菜瓶，瓶里装有沙金和块金。他在麦克法兰发现了此物。于是，邮件将这个消息传到了外部的世界。到了隆冬时节，最早的一群寻宝者穿着雪靴，驾着狗雪橇，拥入这片区域。其他的寻宝者也纷至沓来。麦克法兰藏有丰富的天然金，成批的矿工沿着麦克法兰河打桩，标示出他们所占的领域，然后便开始工作。后来者又转到了东北方向的新场地，在史密斯堡听到了这样的传言，说在那里发现的东西比育空地区还要丰富。起初，只有二十人，然后来了一百人，五百人，一千人……他们纷纷拥入新的区域。这些人大部分来自南边大草原地区，来自萨斯喀彻温和弗雷泽的冲积矿河床区域。从遥远的北方也来了几个经验丰富的淘金者，他们是从育空来的探险者，经过麦肯齐河、利亚德河，一路旅行。这些人知道，挨饿、受冻、缓慢死去是什么滋味。

在这些后来者里，有个叫桑迪·麦克特里杰的人。他离开育空地区有几个原因：道森西部地区的巡警找他的麻烦，而且他破产了。桑迪是最好的淘金者之一，他曾经在克朗代克河沿岸一带活动，所淘的黄金价值累计高达一两百万美元，可由于赌博和酗酒又迅速挥霍一空。桑迪没有良知，也没有多少畏惧感。写在他脸上的是无情与残暴。桑迪下颌突出，大眼睛，扁额头，一头蓬乱灰白的红发。他这种人啥也不相信。有人怀疑他杀了两个人，抢劫了其他人的东西，但至今警方未能找到任何证据。当然，与他臭名昭著的一面并存的是，他具有让最可怕的敌人都钦佩的冷静和勇气，也具备把不良的特征藏而不露的某种心理素质。

史密斯堡远离文明世界八百公里。不到六个月，距离史密斯堡二百五十公里远处，红金城在麦克法兰矗立起来了。当桑迪来到此处，他看到了一堆堆粗糙的窝棚、赌场、新式的轿车，这让他下定决心，不实施任何秘密计划，因为时机还不成熟。桑迪稍稍赌了一把，赢的钱够他买食物和一半的装备。装备中包括一把旧的前装式来复枪。桑迪以前常常携带最新式的、市场销售的萨维奇枪，他不喜欢现在这把枪，可他的经济状况只容许他买这样的枪。桑迪开始朝南行进，向麦克法兰上游走去。

在河上，如果淘金者越过某一界限，就找不到金子。可桑迪很自信，他越过了这个界限，一直走到新的区域，才开始寻找金子。慢慢地，他一边工作，一边朝一条小支流上游走去，支流的源头在东南方向八九十公里的地方。桑迪在这里发现了相当不错的沙金，到处都有。他本可以一天淘到六至八美元的沙金，但他对这么多的沙金却不屑一顾。一周又一周，他继续向上游行进，可他走得越远，淘得的沙金就越少。最后，他只能在偶然情况下淘到沙金。经过极不愉快的几周后，桑迪对黄金充满了饥渴感，如果有别的同伴的话，他会惹出麻烦的，幸好他独自一人，没有危险性。

一天下午，桑迪划着独木舟，到了一条白色沙带的岸边。这是一个拐弯处，溪流在此变宽了，有望在那里找到沙金了，哪怕一点儿也行呀。桑迪弯下腰，靠近了水边，忽然间，潮湿的沙滩上出现了什么东西，立刻引起了他的注意。他看到了动物的足印。有两个动物，它们下来饮水，并排站在一起。足印是刚留下的——不超过两个小时。桑迪的眼里闪现出关注的目光。他回过头，望了望溪流上游和下游。

"狼，"他咕哝了一声，"但愿能够用这把老式的来复枪朝它们射击。天哪！听一听那个声音！竟然在光天化日之下吼叫！"

桑迪跳了起来，眼睛盯着灌木丛。

在八百米之外，灰狼从风中嗅到了可怕的人的气味，它在发送报警的叫声。这是长而低沉的嗥叫，等回音最终消失后，桑迪·麦克特里杰才动了起来。他返回独木舟，拿起老枪，在枪膛里放了新的火药纸，然后迅速在岸边消失了。

卡赞和灰狼在麦克法兰的源头地带闲逛，一直在那里待了一周的时间。自入冬以来，灰狼还是第一次在空中嗅到人的气味。当风给灰狼送来危险信号时，卡赞却不在它的身边。两三分钟前，灰狼还未嗅到人味，而卡赞已经离开了它，去追赶一只雪兔。灰狼平趴在灌木丛下，等待着卡赞回来。在这短暂的时间里，灰狼独自守候，它不停地嗅着空中的气味。双目失明开发了它的嗅觉和听觉，最终达到了几乎万无一失的程度。首先，它听到了八百米之外响起的声音，那是桑迪·麦克特里杰划动短桨碰到独木舟侧面弄出的响声，随后便是快速而来的气味。灰狼便嗥叫报警。五分钟后，卡赞就站在了它的身边，它的头猛地抬了起来，嘴颌张开，喘着粗气。桑迪猎杀过北极狐，这会儿，他用的是爱斯基摩人的办法，绕道行走了半圈，直至面对着来风。卡赞嗅到了一丝人味，它的脊背随之变得僵硬了。不过，盲眼灰狼的嗅觉比北方红眼小狐狸还要灵敏，它的尖鼻子慢慢地跟踪桑迪的行迹。在三百米之外，灰狼就听到了桑迪脚下干树枝噼啪作响，捕捉到了枪管触到桦树苗的咔嚓声。当它因风向变化捕捉不到桑迪的行踪时，就立刻呜呜叫了起来，用身子蹭了蹭卡赞，同时朝西南方向小跑了几步。

在这种情况下，卡赞很少不听从灰狼的引导。它们肩并肩地慢跑着，在桑迪迎着风像蛇那样缓慢爬行的时候，卡赞正从河边的灌木丛里向下窥视，看着停在狭长的白色沙滩上的独木舟。桑迪追踪了一个小时，却徒劳无获；当他回来时，在通往下面的独木舟的路上出现了两道新的足迹。桑迪惊讶地看了看，然后皱起丑陋的脸，露齿阴笑。他一边咯咯笑着，一边朝他的工具包走去，掏出了一个小橡胶袋。他从袋里拿出了一个瓶口被软木塞得紧紧的瓶子，瓶里装有胶囊，每个小囊里有五粒士的宁。据说，在很久以前，桑迪·麦克特里杰试图把一粒这种胶囊投到咖啡杯里，然后给某个人，但线索模糊不清，警方也从未证实此事。桑迪是用毒药的高手。过去，他也许用这种方式猎杀了上千只狐狸。此时，他又咯咯地笑起来，数出了十二粒胶囊。他认为，要得到这一对具有好奇心的狼，那太容易了。两三天前，他猎杀了一头驯鹿。这会儿，他把胶囊裹进了用鹿的肥肉做的小球里。做这件事时，他用的是短树枝，没有用手指，目的是不让人的气味附在致命的诱饵上。日落之前，桑迪开始在平原上放置诱饵。大多数诱饵被丢在了低矮的灌木丛里，其余的被扔在了兔子和驯鹿时常出没的小径上。然后，桑迪返回了小溪，开始做晚餐。

　　第二天清晨，桑迪早早起来，去了放置毒诱饵的地方。第一个诱饵未被碰过。第二个还是原来的样儿。第三个不见了。顿时，桑迪激动得浑身发抖，举目四下张望。根据以往的经验，他能在半径二三百米范围的某个地方找到猎物。这时，他的目光落在了挂有毒胶囊的灌木丛的地上，咒骂声从他的嘴里一下迸了出来。诱饵没有被吃掉。驯鹿肥肉散落在灌木丛下，小粒胶囊依然夹在大块肥肉里未受损坏。这是桑迪第一次遇到如此敏锐的野生动物，他感到困惑，他从未遇到过像这样的事情。如果狐狸或狼受到了引诱，触摸了诱饵，那么紧接着就是吃掉诱饵。桑迪到了放置第四个和第五个诱饵的地方。那些东西依然完好无损。第六个诱饵像第三个那样被撕碎了。这一次，胶囊破了，白色的粉末散落了。桑迪发现，还有两个毒诱饵也是这样被拖了下来。他知道，这些是卡赞和灰狼干的，因为他发现在十几处不同的地方留下了它们的足印。因几周的无效劳作而郁结的糟糕情绪，在桑迪的失望和愤怒中一并迸发出来。他认定，自己的运气一直不好，而毒诱饵的失败又让他感到倒霉到了极点。他觉得事事不顺心，决定返回红金城。于是，下午时分，他就划动着独木舟，顺流漂向下游。这一天，桑迪挺乐意让水流推动着小舟，自己用短桨保持轻舟前行即可。桑迪舒适地背靠着舟沿，抽着烟斗，老枪放置在两膝之间。风吹在他的脸上，他在密切留意着猎物的动向。

傍晚时分，卡赞和灰狼出来了，来到了下游的沙滩。卡赞轻轻地拍打着清凉的水，就在此时，桑迪顺流悄然绕过距离它们一百米远的弯道。如果风向正好合适，如果桑迪用桨划舟，灰狼就会发现危险。然而，直到桑迪的步枪上的老式枪栓响起了金属撞击的咔嗒声时，灰狼才被惊醒了。顷刻间，灰狼浑身悚然，发现危险即在附近。卡赞听到了响声就停止了饮水，朝响声的方向望去。就在这一瞬间，桑迪扣动了扳机。烟冒出来了，火药轰鸣作响，卡赞感到一股炽热的火流飞快地穿过了它的头部。卡赞向后踉跄几步，腿支持不住了，砰的一下，身子无力地瘫倒在地。灰狼飞奔而去，消失在灌木丛里。由于双目失明，它看不见卡赞倒在白色的沙滩上。枪又响了，灰狼不停地跑，直到距离那可怕的轰鸣声七八百米远后才停下来，等着卡赞。

桑迪·麦克特里杰的独木舟在沙滩旁停住了，他异常兴奋地大喊大叫。

"终于抓住你了，你这个老魔鬼，不是吗？"他大声喊道，"除了这把老掉牙的遗物外，如果我还有别的什么家伙的话，我还可以抓到那一只呢！"

桑迪用枪托把卡赞的头翻转过来，脸上得意的邪笑消失了，顿时露出了惊异的神色。他一眼看见了套在卡赞脖子上的颈圈。

"我的天哪，这不是狼呀，"他喘着气说，"是一只狗，一只狗呀！"

第二十二章

桑迪的方法

　　桑迪双膝跪在沙地上，脸上狂喜的神色不见了。他拧了拧套在柔软的狗脖子上的颈圈，最后看到了那块磨损的金属板，依稀认出了刻在上面的字母：K-a-z-a-n。桑迪把字母一个一个地拼读出来，他的脸上依然挂着猜疑的表情。

　　"是一只狗呀！"他又惊呼道，"这是一只狗，一只漂亮的狗呀！"

　　桑迪站了起来，低头看着遇害者。有一摊血落在白色的沙滩上，在卡赞鼻子的末端。过了一会儿，桑迪弯下腰，察看子弹击中的地方。他的检查让他感到新奇，觉得蛮有趣味。前膛枪发射的重球确实击中了卡赞的头顶，但击偏了，甚至连头颅都没有破裂。桑迪突然明白了卡赞的肩和腿颤抖抽搐的原因。他原以为那是临死前肌肉在做最后的挣扎，但卡赞没有死，它只是被击晕了，几分钟后，它会重新站起来。桑迪是鉴定狗的行家——对拉雪橇常年跑路的犬类颇有鉴赏水平。在他的生活里，三分之二的时间都同狗在一起，他只需看一眼，就能说出它们的年龄、价值，以及它们的一段经历。在雪地里，他可以分辨出不同的踪迹，哪个是麦肯齐猎犬，哪个是爱斯基摩犬；他还可以辨别爱斯基摩犬与育空地区哈士奇犬的足迹。桑迪看了看卡赞的足，他咯咯地笑了，原来是狼足呀。卡赞具有部分野狼血统，体格大，强壮。桑迪想到了即将来临的冬季，想到了如果把狗弄到红金城，可以卖个好价钱。桑迪走到独木舟那里，又返回来，手里拿着一卷结实的、用驼鹿皮做的皮绳。然后，他盘腿坐在卡赞面前，开始制作给狗戴的口套。他编织皮绳做口套，方法与人们制作雪靴网蹼是一样的。十分钟后，他给卡赞的鼻口戴上了口套，并牢固地拴在它的颈部上。接着，他在它的颈圈上系上了三米长的皮绳。之后，桑迪坐下来，等着卡赞苏醒。

卡赞终于抬起了头，它什么也看不见，眼前只有一层红色的薄膜。不过，这种现象迅速消失了，卡赞看到一个人，它的第一反应就是要站起来。可卡赞一连向后跌倒了三次，才站住了。桑迪蹲着，露齿微笑，他距离卡赞两米远，手捏着皮绳的尾端。卡赞咧开嘴，尖牙微光闪烁。它在咆哮，背脊上的毛发气势汹汹地直立起来。桑迪立刻跳了起来。

"我猜到了你想干什么，"桑迪说，"我以前也有过你这种猎犬。可恨的狼把你变坏了，你需要许多棍棒伺候才能改邪归正。嗯，瞧瞧这里。"

为防不测，桑迪带来了粗棍和皮绳。他捡起丢在沙滩上的棍子。这会儿，卡赞的力气已经完全恢复了，头不再晕眩了，模糊的薄膜也从眼前消失了。在它的面前，卡赞又看见了它的宿敌——人和棍棒。顷刻间，所有狂野和凶猛的本能觉醒了。无须判断，卡赞就知道灰狼跑了，这人想算计灰狼，却落空了。卡赞知道，它自己也被这人弄伤了，也是棍棒造成的。卡赞生来就无拘无束，又结识了灰狼；在它新的认知里，人与棍棒融为一体，不可分开。所以，卡赞一声咆哮，向桑迪扑去。桑迪压根儿没有料到卡赞会直接攻击，他来不及拿起棍棒就往一边跳去，可卡赞已经扑到了他的胸前。拢在卡赞嘴上的口套救了桑迪。尽管尖牙咬得啪啪直响，但桑迪却毫发未伤。在卡赞躯体的重压下，桑迪向后倒在地上，仿佛他是被弹射器击倒似的。

桑迪又站起来了，动作比猫还快，皮绳的尾端在他的手上缠了好几圈。卡赞再次一跃而起。这一次，迎击它的是棍棒凶猛的摆动。棍棒一下砸在它的肩部，把它撂倒在沙滩上。没等卡赞恢复原状，桑迪已经扑在了它的身上，像疯子一般异常愤怒。他缩短了皮绳的长度，把绳子一圈又一圈缠在手上，同时棍棒举起落下，娴熟有力，这是一种长期习惯使用棍棒的动作。初遭棍棒殴打，只能增添卡赞对人的仇恨，激起它凶猛无畏的攻击。一次又一次，它跳跃而起，可每次都碰到棍棒狠命地落在它的身上，险些折断了它的骨头。桑迪残酷的脸上显示出异常严厉的神色。他从未见过像这样的狗，即使卡赞带着口套，他也有点儿担忧。如果不是皮绳的话，卡赞的尖牙会三次洞穿他的肉体；如果卡赞嘴颌上的皮绳滑脱了，或断裂了，那么……

桑迪一边想着，一边用棍棒重重地打在卡赞的头上。又一次，卡赞无力地倒在了沙滩上。桑迪呼吸急促，几乎喘不过气来了，直至棍棒从他手中滑落时，他才意识到这场打斗是多么惊险。棍棒打晕了卡赞，桑迪趁它未醒前检查了口套，还增加了一根皮绳，以加强口套的牢固性。接着，他把卡赞拖到一根原木边，这根原木因涨潮被抛到离溪水几米远的岸边，桑迪将皮绳尾端牢牢地拴在一个死钩上。在那之后，他把独木舟拖到沙滩较高处，然后开始准备过夜的宿营地。

卡赞的昏迷状态消失后，神智恢复了常态，它一动不动地躺着，看着桑迪·麦克特里杰，一直持续了好几分钟。卡赞身上的每一根骨头都在疼。它的嘴也痛，在出血。棍棒落下，砸到了它的上嘴唇。卡赞的一只眼睛几乎闭上了。好几次，桑迪走到跟前卡赞，很高兴地看着被他殴打的杰作。每次，他都带上棍棒。当桑迪第三次用棍棒捅卡赞时，卡赞依然放声咆哮，凶狠地咬向棍头。这正是所桑迪期待的，这是狗贩子惯用的把戏。顷刻间，桑迪又使起棍棒，打得卡赞呜呜地叫，溜入拴住它的原木下面躲避起来。卡赞几乎拽不动身子了，它的右前爪被砸坏了，后腿已经站不起来了。遭受第二次殴打后，即使卡赞获得自由，一时间也无法逃走了。

桑迪的心情特别好。

"我会把你的恶魔通通弄走，"这是他第二十次重复此话，"如果要让狗变得顺从，那么就没有比敲打更好的办法了。从现在起，一月之内，你的身价将达到两百美元，否则我就活扒了你的皮！"

黄昏前，桑迪又试了三四次，竭力想激起卡赞的敌意。然而，卡赞再无斗志了。它遭到了两次可怕的痛打，头颅又受到子弹的重击，使它感到很不舒服。卡赞的头躺在前爪之间，双眼紧闭，再也不看桑迪，也不理睬扔在鼻下的肉块。它不知道最后一抹阳光是什么时候从西边森林背后消失的，夜晚是什么时候来临的。然而，不知是什么声音，好像来自遥远过去的呼唤之音，进入了它的眩晕病痛的大脑，最终让它从昏迷中苏醒过来。卡赞抬起头，仔细倾听。在沙滩那边，桑迪生起了火堆。这会儿，他站在灼热的红色火光里，面对着远处的黑色阴影。他也在听。这时候，唤醒卡赞的那种声音又响起了——灰狼在遥远的平原上发出了迷惘哀伤的喊声。

卡赞呜呜叫着，它站了起来，用力拉了拉皮绳。桑迪抓起棍棒，连蹦带跳地朝它跑了过来。

"趴下，畜生！"桑迪命令道。

在火光里，棍棒举起落下，既凶猛又快速。当桑迪返回到火堆边时，他又不停地喘着粗气，把棍棒扔到铺开的毛毯边。现在，棍棒变样了，上面沾满了血和毛发。

"我得把它的魂弄出来，"他咯咯笑道，"必须这么做，否则就杀了它！"

那天夜晚，卡赞听到了灰狼的多次呼唤。因为怕被棍棒打，它轻声地呜呜回应。卡赞看着火堆，直至余火最后熄灭时，它才小心翼翼地拖着身子从原木下面出来。卡赞想站起来，它试了两三次，但每次都跌倒了。它的腿没有断，但若要四肢站立住，却疼痛难忍。此外，整个夜晚它浑身发热，很想喝水。清晨，桑迪从毛毯里爬出来，他给了卡赞肉和水。卡赞喝了水，但没有触碰那块肉。桑迪发现卡赞变了，他感到满意。太阳升起时，桑迪已经吃完了早餐，准备离开了。他走近卡赞，他现在不害怕了，也没有拿棍棒。他解开了皮绳，拖着卡赞，朝独木舟走去。就在桑迪把皮绳末端拴在独木舟尾部的时候，卡赞悄悄地钻进了沙子里。桑迪咧嘴笑了。在桑迪看来，即将出现的事会让他很开心，因为他在育空学会了制服狗的绝招。

桑迪推舟离岸，小舟头部朝前。他用短桨撑着自己的身子，然后面朝水的方向开始拖动卡赞。不一会儿，卡赞的前趾就踩在溪水边湿润的沙滩上。在短暂的停歇时，桑迪让皮绳松弛了一下，接着又突然用力一拉，猛地把卡赞拉入了水里。紧接着，桑迪把独木舟划到溪水中央，随即又快速地摆动小舟，使之顺水朝下游驶去。然后，他开始用桨划舟，使皮绳一直紧紧地套着卡赞的颈部。虽然卡赞病了，又受了伤，但它现在不得不开始游动，否则头部就会淹没在水里。卡赞处在小舟驶过的水流里，而桑迪用桨划水的力量变得越来越强劲，这对卡赞是一种酷刑，无时无刻不在折磨着它。有时候，它的头完全被拖入了水里；有时候，桑迪会等它漂到身边时，用桨头猛地把它戳进水中。卡赞感到越来越虚弱无力。漂流了不到一公里，它几乎快被淹死了。直到这时候，桑迪才把它拖到独木舟上。

卡赞无力地倒在独木舟舱底，大口喘气。尽管桑迪的方法残酷，但他达到了目的。卡赞再无斗志了，它也不再挣扎逃走了。它明白了，此人就是它的主人，它的魂暂时出窍了。它只期望能够躺在独木舟舱底，不挨棍棒，不在水中受苦。棍棒就放在它与那人之间，距离它的鼻子不到半米远。卡赞嗅到了自己的血腥味。

独木舟向下游漂流了五天五夜，桑迪对卡赞的教化过程依然继续实施。其间，用棍棒殴打了三次，还动用了一次水刑。第六天早晨，他们到达了红金城，桑迪靠近河边搭起了帐篷。他不知从什么地方找到了一根链子，把卡赞牢牢地拴在帐篷后面，然后切断了皮绳做的口套。

"戴上口套吃不了肉，"他对卡赞说，"我要你强壮起来，变得非常凶猛。你的行动要像野猫一样灵敏。不久，我们将做特技表演，这会使我们的口袋装满金子。我以前做过这行，我们可以在这里做。狼狗呀，帮帮忙！我发誓，这将是一场吸引人的表演活动。"

之后，每天两次，桑迪给卡赞带来新鲜的生肉。卡赞的精神和勇气迅速得以恢复，四肢的酸痛消失了，受伤的嘴愈合了。四天过后，当桑迪带着肉过来时，迎接他的是尖牙和咆哮的挑战。现在，桑迪不打它了。他不给卡赞吃鱼、动物脂油，只给它吃生肉。一天，桑迪带来了一个人。这个陌生人向前跨了一步，不料走得太近，卡赞朝他扑了过去，其动作又快又突然。这人朝后跳去，惊讶地诅咒了一声。

"它行的，"他吼道，"它比大丹犬还轻四五公斤，但它有尖牙，动作快速，在它趴下之前会有不错的表现。"

"我和你打赌，它不会趴下的。如果输了，我让出百分之二十五的份额。"桑迪提议。

"成交。"那人说，"但要等多长时间它才能够准备好呢？"

桑迪想了一会儿。

"一周吧，"桑迪说，"在这之前，它的体重还不行。我们说定了，从今天算起，一周时间。下周二晚上可以吗，哈克？"

哈克点了点头。

"下周二晚上。"哈克同意了。然后，他又说，"如果大丹犬弄死了你的狼狗，我让出一半的份额。"

桑迪久久地看着卡赞。

"全仗你啦！"桑迪说。然后，他握住哈克的手说，"我相信，从育空到这里，还没有一只狗能够弄死狼的！"

第二十三章

麦吉尔教授

红金城是个适宜夜晚消遣的地方，有一些赌场、几处拳击比赛场地，不时地出现酗酒闹事的刺激场面，不过骑警们还能控制住局面。如果事件发生在道森乡下的话，那就另当别论了。道森在北部更远的地方，距离红金城几百公里。桑迪·麦克特里杰和扬·哈克介绍了这项娱乐活动，赢得了热烈的响应。消息一出，传至红金城周围三十公里，这座城还从未有过因下午和夜晚上的精彩斗犬而引起如此的轰动。卡赞和硕大的大丹犬分别被关在特制的笼子里，供众人参观，人们开始狂热下注。观看卡赞与大丹犬的打斗，每个人要支付五美元，付费者共三百人，他们将透过笼子栏杆观看这两个角斗士打斗。哈克的狗是大丹犬和藏獒的混合体，生在北方，被训练成了雪橇犬。投注者看好大丹犬，赌它的赔率为二比一；偶尔，赔率上升到了三比一。也有许多人投注给了卡赞。那些下注赌卡赞的，都是年纪大的、生活在荒野地带的人——他们一生与狗为伴，知道卡赞的眼里闪烁的红光意味着什么。

一位老库特奈矿工与另一人悄声低语："我看好它。如果有赌金的话，我就赌它。它会从前后左右攻击大丹犬，大丹犬没有方法。"

"但它发胖了，"那人半信半疑地说，"瞧它的嘴颌和它的肩膀……"

"虽然它脚大，喉咙柔软，腹部臃肿厚实，"库特奈打断了那人的话，"看在上帝的分上，兄弟，听我的话吧，别用你的钱赌大丹犬了！"

其他的人挤了进来，插进了他们中间。起初，卡赞面对身边的面孔不住地咆哮。可现在呢，它躺着，背靠着笼子一侧的长条木板，头枕在前爪之间，阴沉地看着这些人。

斗犬将在哈克的地方举行，此地既是沙龙，又是咖啡厅。在一间大房子里，长凳和桌子已经被搬开了；在大房的中央，有一个三立方米的笼子，放置在距离地面一米多高的平台上；平台四周挤满了可容纳三百名观众的座位；正对着无顶盖的笼子上方，悬挂着两盏装有玻璃反射镜的大油灯。

到了八点钟，哈克、桑迪和另外两人抬着卡赞的笼子来到了竞技场。大丹犬已经在斗犬笼里了。在反光灯耀眼的光线下，它站在那里，眨巴着眼睛。当它看见卡赞时，立刻竖起了双耳。卡赞没有露出尖牙，也没有显示出围观者所期盼的敌意。这是它们的初次见面，在场的三百人里立刻响起了失望的低声怨言。卡赞被捅进了斗犬笼，而大丹犬却像一块岩石没有动弹，它既没有跳跃，也不咆哮。它看了看卡赞漂亮的头，摆出了一副半信半疑的探询姿势；然后，它又转眼盯着等待的人群，看着那些满怀期盼和兴奋的面孔。卡赞四肢僵硬，它面对着大丹犬站了一会儿。接着，它垂下肩，也冷冷地面对着期盼一场生死厮斗的人群。嘲笑声掠过了一排排拥挤的座位，口哨声和奚落的辱骂声砸向了桑迪和哈克。愤怒的声音响起了，纷纷要求退钱，声音里还夹杂着因越来越不满的情绪而引起的骚动。桑迪的脸因羞辱和愤怒变得通红。哈克额头上的青筋比平常肿大了两倍，他面对众人，挥动拳头，大声叫道："等一等！给它们一次机会吧，你们这些傻瓜！"

听到了哈克的话，大家安静了。

卡赞转过身，面朝硕大的大丹犬。这只犬也转眼看着卡赞。卡赞格外小心，它向前挪动了一点儿，准备扑上去或者侧移躲开。大丹犬的双肩直立，它也朝卡赞逼近。它们俩四肢分开，僵硬地站立着。

全场肃静，如果房间里有人低声语耳的话，大家都能够听得见。桑迪和哈克站在笼子边，几乎屏住了呼吸。

卡赞和大丹犬四肢漂亮，肌肉发达，它们是参加过上百次打斗、至死无畏的勇士。此时，这两个斗士面对面站立着，成了人的牺牲品。然而，没有一个人看到在它们残暴的眼里蕴含着的询问表情；也无人知道，在这个激动人心的时刻，大荒野奇妙的无形之手游离在它俩之间，奇迹将降临在它们的身上。那是一种友好与默契。如果它们在开阔地带碰面，会成为驾驭雪橇的竞争对手，会在激烈的厮斗中翻来滚去。但在这里，竟然出现了无声的兄弟般的吸引力。在最后的时刻，当它们之间仅有一步之遥，当人们期待目睹首次疯狂的扑斗之时，漂亮的大丹犬缓缓抬起头，透过刺眼的灯光看着卡赞的脊背。哈克颤抖了，他在低声咒骂。大丹犬的咽喉暴露在卡赞的面前，可在这两个野兽之间却在传递着和平的无声誓言。卡赞没有跳跃，它转过了身。它们俩肩并肩，完全在轻蔑所有的人。它们站立着，透过囚笼木条窥视着其中一人的脸膛。

人群里爆发出吼怒声——愤怒的吼叫、强烈的要求、大声的威胁。哈克一怒之下拔出左轮手枪，对准了大丹犬。就在这时，有个声音阻止了哈克，那声音高过人群的吵闹声。

"住手！"那声音吼道，"住手——以法律的名义！"

一时间，室内一片寂静。每张脸都转向了声音传来的方向。有两个人站在最后一排椅子上。其中一人是西北皇家骑警警长布罗考——刚才是他在说话。他举起了一只手，命令大家安静下来，注意听讲。在他身边站在椅子上的另一人，长得瘦削，肩下垂，面容白皙光洁，是一个小个子，他的体型和凹陷的脸颊一点儿也未显示出他在北极人迹罕至的边缘度过的岁月。现在该他说话了，警长举起了手。那人的声音既低沉又平静。

"我出五百美元，买这些狗。"他说。

房间里每个人都听到了报价。哈克看着桑迪。片刻间，他俩的头凑到了一块。

"它们不会打斗了，它们会成为很好的队友，"小个子继续说，"我给它们的主人五百美元。"

哈克举起一只手。

"要六百，"哈克说，"给六百，它们就是你的了。"

小个子犹豫了一下，然后点了点头。

"六百。"他同意了。

整个人群里响起了不满的埋怨声。哈克爬到平台边。

"我们不能因为它们不打斗而受到责备，"哈克大声说道，"但如果你们任何人想要回那一点儿钱，等你们出去时可以领到。这些狗让我们失望了，但只能这样了。我们不该受到责备。"

在警长的陪伴下，小个子从椅子之间侧身挤了过去。他看着卡赞和大丹犬，苍白的脸靠近了树棍做的笼子。

"我想，我们会成为很好的朋友，"小个子说，他的说话声很低，只有这些狗听到了他的声音，"伙计们，这可花了大价钱啦，但得由史密森博物馆来支付。我将需要一对像你们这样有德行的四条腿朋友。"

无人知道为什么卡赞和大丹犬靠近了小个子站立的这一边。小个子掏出一大卷钞票，数了六百美元，给了哈克和桑迪。

第二十四章

黑暗中的孤独

自从桑迪·麦克特里杰用枪击中卡赞并把它捕获，在随后的日子里，从未有过的恐惧和失明的孤独就笼罩在灰狼的身上。枪响后，灰狼蹲趴在小溪后面的灌木丛里，等着卡赞来到它的身边。这一等就是好几个小时。灰狼相信，卡赞会来的，因为卡赞以前无数次地回到了它的身边。灰狼平躺着，嗅着空中的气息，因没有卡赞的气味而不时发出呜呜的声音。现在，对灰狼来说，无论白天和夜晚，它都像处在无尽的、混乱的黑暗里。不过，它知道太阳是何时落山的；它感觉到了夜晚初来时阴影越来越暗；它也知道星星出来了，河面上洒满了月光。这是一个游荡的夜晚。过了片刻，它在平原上不安地绕圈行走，开始发出了寻找卡赞的呼唤。

从河流的上方传来刺鼻的烟雾气味，灰狼本能地意识到，就是这种烟雾和附近的那个人把它和卡赞分开了。灰狼快步绕行了第一圈，但到了圈的边缘时，它就不再往前走了。失明教会它的是等待。自从那天在太阳石上山猫弄瞎了它的双眼后，卡赞就没有让它失望过。傍晚，它一连三次呼唤卡赞。然后，它自己把巢穴安在了巴可尼西灌木丛下，一直等到天亮。

就像知晓夜幕何时遮住最后一缕阳光似的，灰狼不用眼睛看就知道天亮了。直至太阳温暖了它的背脊时，它才变得焦虑，松懈了防备之心。慢慢地，它向河边走去，一边嗅着空中的气息，一边不时地发出呜呜的声音。空中没有烟味了，也嗅不到人的气息。灰狼沿着自己的踪迹返回到沙滩，茂密的灌木丛低悬在白色岸边的上方。灰狼在灌木丛边停住了，它在倾听。过了一会儿，它爬了下去，直奔饮水的地方。当时在那里，子弹过来时，它和卡赞正在饮水。就在此处，灰狼的鼻子一下碰到了鲜血淤积的、还未干的沙子。它知道，这是它的伴侣卡赞的血，卡赞的气味在四周的沙子里，同时还夹杂着桑迪·麦克特里杰的人味。灰狼嗅着卡赞身子留下的踪迹，走到了溪流边，桑迪就是从那里把卡赞拖向独木舟的。灰狼发现了那棵倒塌的树，卡赞曾经被拴在那里。桑迪用两根棍棒击打受伤的卡赞，打得卡赞不得不顺从服帖。

不久，灰狼发现了其中的一根棍棒。那根棍棒沾满了血和毛发。突然间，灰狼仰身蹲坐，脸朝向天空，咽喉里发出了对卡赞的呼唤。那声音随着南风飘荡了好几公里。以前，灰狼从未这样高声呼唤过。这不是月夜里的噪声，也不是狩猎的召唤，更不是母狼渴望交配的呼叫。这声音传递了对死亡的悲痛之情。灰狼发出那样的喊声后，便悄悄地回到了位于河上游的灌木丛边，它躺在那里，脸转向了溪流。

灰狼感到了一种不寻常的恐怖。虽然它已经习惯了黑暗，但在黑暗里它从未感到过孤独，因为卡赞总是在它的身边守护着。灰狼听到了雌鹧鸪的咯咯声，虽然鹧鸪在几米之外的灌木丛里，可那声音现在听起来仿佛来自另一世界。一只地鼠穿过离它的前爪不远的草丛，发出了沙沙的响声。灰狼猛地朝它咬去，结果牙齿咬到了一块岩石。灰狼肩上的肌肉抽搐战栗，它在颤抖，仿佛遭到了严寒的侵袭。黑暗隔断了它与世界的联系，它害怕了，它用爪子抓弄紧闭的眼睛，好像它可以让双眼重新睁开见着阳光似的。

午后不久，灰狼慢吞吞地返回到平原上。平原不一样了，把它吓着了，它又很快折回到溪水边，蜷伏在卡赞曾经躺过的树下。在这里，它没那么害怕了，因为浓烈的卡赞的气息在它的身边。它一动不动地躺了一小时，头枕在沾有卡赞毛发和血的棍棒上。夜晚降临，灰狼还在那里。当月亮和星星出来时，它爬回到卡赞在倒塌树下栖息的白沙坑。

黎明，灰狼走下去，到溪边饮水。灰狼的眼睛哪能看得见，白天黑得几乎如同夜晚，灰黑色的天空是暴风雨的前兆，不过灰狼能够在密集的空气里嗅到暴风雨即将来临的气息，能够感觉到叉状的闪电从西南方向带着厚厚的阴云滚滚而来。远处隆隆的雷声越来越响亮了，灰狼又把身子蜷缩在倒塌的树下。一连数小时，风暴不停地砸在灰狼的头顶上，发出巨大的声响，雨水倾盆而下，如同洪水一般。

暴风雨后，灰狼从遮蔽处悄悄地走出来，它的样子像被打败了似的。灰狼还在寻找卡赞的气息，但没有找到，哪怕最后的气味也没有了。棍棒被刷洗得干干净净。同样地，被卡赞鲜血染红的沙子变成了白色。甚至在倒塌的树下，也没有了卡赞留下的痕迹。

灰狼独自被笼罩在黑暗的深渊里。直到这时候，黑暗的恐惧才开始折磨着它。到了下午，灰狼饿了。饥饿使它离开了沙滩，踱回到平原。有十几次，灰狼嗅到了猎物，可每次猎物都躲开了它。甚至它已把一只地鼠逼到树根下面，并用狼爪把地鼠刨了出来，地鼠却从它的尖牙缝里逃之夭夭。

三十六小时前，卡赞给灰狼留下了半只最后猎杀的猎物，并把猎物放在平原后面一两公里远的地方。这只猎物是一只兔子。于是，灰狼转过身，面向着那个方向。它无须眼睛帮助寻找猎物。在它的体内，动物王国的第六感达到了最佳状态。它穿越灌木丛，如同鸽子直线飞行那样，朝着储藏兔子的地方奔去。然而，一只白狐先于它到达了那里，灰狼只找到了零星散落的毛发和皮毛。狐狸吃剩的东西也被灰噪鸦和灌木松鸦弄走了。饥饿的灰狼转身回到了河边。

那天夜晚，灰狼仍睡在卡赞躺过的地方。它曾三次呼唤卡赞，但都没有回应。浓浓的露水降临了，稀释了灰狼的伴侣最后残留的气味，使之从沙里消失殆尽。尽管如此，日复一日，盲眼灰狼依然守在狭长的白色沙滩边。

第四天，灰狼饿得啃起了柳树的树皮。正是这一天，它有了新的发现。在它饮水时，它灵敏的鼻子忽然碰到了水里的什么东西，这东西既光滑，又有淡淡的肉味。这是一个北方的大蛤蜊。灰狼用爪把它刨上岸，嗅了嗅其坚硬的外壳，然后就把蛤蜊放在齿间，嘎吱嘎吱咬碎了它。灰狼发现了里面的东西，它从未尝过这么香的肉。于是，它开始寻找其他的蛤蜊。灰狼发现有许多这样的东西，它不停地吃，直至不再感到饥饿为止。一连三天，灰狼都在沙滩上。

不久，在一天夜晚，灰狼听到了呼唤声。那声音使灰狼颤抖，感到了某种新奇的激动——也许有点像一种新的希望。在月光下，在狭长的沙滩上，灰狼神经质地来回快步跑动。它时而面向北方，时而朝向南面，时而面对东、西方向。它昂起头，仔细倾听。在夜晚的柔风里，灰狼好像在寻找飒飒声响的美妙之音的诱惑。无论传到它耳边的是什么声音，都来自东南方向。在遥远的那边——穿过荒野之地，越过北部森林生长线

外围边缘——是灰狼的家。按照灰狼非理性的推理，它一定会在遥远的那边找到卡赞。呼唤声不是从沼泽地原木堆老家那里传来的，而是来自比那里更远的地方。一幅幅闪烁的景象顷刻间浮现在它的失明的眼前：高耸的太阳石、通向太阳石的蜿蜒小径、平原上的小木屋。在那里，它的双眼失明了；在那里，白昼结束，永恒之夜开始了；在那里，它生下了第一胎幼崽。大自然记载了这些事情，使之永远不会从灰狼的记忆中抹去。呼唤声传来了，声音来自阳光明媚的世界，在那里，灰狼最后一次认识了光和生命，最后一次看见了蓝色的夜晚、天空中的月亮和星星。

灰狼回应了那呼唤声，它离开了溪流，离开了水下的食物，毫不犹豫地去面对黑暗和饥饿。它不再害怕死亡，不再害怕看不见的空洞世界，因为它的直觉告诉它，在它的前面，在三百公里之外的地方，它可以看到太阳石、蜿蜒的小径、位于两块大岩石间第一胎幼崽出生的巢穴，还有卡赞！

第二十五章

桑迪最后的日子

卡赞躺在地上，被铁链子拴着，看着小个子麦吉尔在配制一桶牛油和糠麸混合的食物。大丹犬也躺在地上，离卡赞十几米远，它硕大的嘴颌边流涎下淌，期盼着麦吉尔准备的不同寻常的盛餐。当麦吉尔带着一升混合食物靠近大丹犬时，它流露出高兴的神色，大口大口地吞噬送来的食物。小个子的眼睛淡蓝淡蓝的，头发呈灰金色，他大胆地抚摸着大丹犬的脊背。可当他转身面向卡赞时，态度就不一样了，他的动作变得谨慎，只是眼睛和嘴唇带着笑容，但他没在卡赞面前流露出害怕的样子。

小个子是个教授，生长在北方，为史密森学会工作，他一生中三分之一的时光是与狗相伴的。他爱狗，理解它们。他给杂志写了许多文章，谈及有关狗的智力，吸引了博物学家的广泛关注。在很大程度上，由于他对狗的爱，使他比大多数人更理解狗。所以，那天晚上，当桑迪·麦克特里杰和他的同伙试图让卡赞和大丹犬决一死战的时候，他买下了卡赞和大丹犬。原以为这两只漂亮的畜生会相互厮杀，取悦于观摩此战的三百人，但它们拒绝了，这让他感到很高兴。他打算就此事件写一篇报道。桑迪对他讲了捕获卡赞的经过，还提及卡赞的野狼伴侣灰狼。教授也问了他无数的问题。不过，随着一天一天过去，卡赞让他愈发捉摸不透。任凭他怎样表示善意，也不会博得卡赞一丝友好的目光，卡赞没有一次表示过愿意成为朋友的意思。尽管如此，当他们俩近在咫尺的时候，卡赞却没有朝麦吉尔咆哮，也不咬他的手。桑迪经常来到麦吉尔住的小木屋，卡赞三次跳跃而起，试图够着桑迪。只要桑迪一出现，卡赞的尖牙就闪烁微光。可与麦吉尔在一起时，卡赞就变得温驯了。那天夜晚，当它和大丹犬肩并肩站立在专为厮杀建起的围栏笼边时，卡赞本能地感到麦吉尔是朋友。在它兽性的心里，卡赞已经把麦吉尔与他人区分开了。卡赞不想伤害他，它默认了麦吉尔，但没有流露出像大丹犬那样与日俱增的友好情感。正是这个现象让麦吉尔感到困惑。他以前从未遇到过他无法搞定的、不喜欢他的狗。

这一天，麦吉尔把牛油和糠麸混合的食物放在了卡赞跟前，但他脸上的笑容消失了，出现了困惑的表情。卡赞的嘴唇突然朝后咧开了，喉咙里翻滚起低沉凶猛的咆哮，背脊上的毛发竖起了，身上的肌肉在抖动。教授本能地转过了身。桑迪已经悄悄地来到了他的身后，他看着卡赞，凶残的脸上挂着嬉笑的表情。

"想和它交朋友，这可是白费力呀。"桑迪说。他的眼里突然闪烁出一丝热情的神色，他又问道，"你何时出发？"

"等到初霜来的时候，"麦吉尔答道，"应该快了。十月一日，我将在丰迪拉克与警长康罗伊和他的一行人员会合。"

"你去丰迪拉克——独自一人走吗？"桑迪问，"为什么你不带上一个人呢？"

教授轻声地笑了。

"为什么？"他问，"我走过阿萨巴斯卡水路十几次了，如同我了解百老汇街那样熟悉那里的小径。此外，我喜欢单独一人。况且，这一路不太难走，顺流而下就到东北部了。"

桑迪背对着麦吉尔，看着大丹犬。片刻间，眼中闪现出欢喜的神色。

"你带着这些狗吗？"

"是的。"

桑迪点燃了烟斗，说话的口气听起来既奇怪又好奇。

"你带着这些狗去旅行一定花费不少吧，对吗？"

"最近一次花费了大约七千美元。这一次费用将是五千。"麦吉尔说。

"天哪！"桑迪低声说道，"你一人带着所有这些东西！你不害怕有可能出什么事？"

这会儿，教授面朝另一个方向，脸上自信的神色和随意的举止消失了，蓝色的眼睛变得阴沉暗淡。片刻间，一丝桑迪没有看见的冷笑掠过了他的嘴唇。然后，他转过身，笑了笑。

"我是个睡觉很容易惊醒的人，"他说，"夜间一有脚步声，我就会惊醒。当我认为必须保持警惕的时候，就连人的呼吸声也会让我醒来。而且，除此之外，"他从口袋里掏出一把蓝色的钢制萨瓦奇自动手枪，"我知道如何使用这玩意。"他指着小屋墙壁上的一小块破损处，说，"瞧着。"他在二十步之外接连发射了五枪。然后，桑迪走上去，看了看那地方，不由得倒抽了一口气：破损处出现了一个锯齿状的弹孔。

"非常好，"桑迪露齿而笑，"大多数人用步枪都打不到那么好。"

桑迪走了，麦吉尔目送他离去，眼里流露出多疑的神色，嘴唇上浮现了一种好奇的笑容。然后，他转身看着卡赞。

"老伙计，我想你已经知道他在打什么主意了吧？"麦吉尔轻声笑道，"如果你一口咬住他的咽喉，我才不会责备你呢。或许……"

麦吉尔双手插入衣袋深处，走进了小屋。卡赞静静地躺着，头垂放在前爪之间，眼睛睁得大大的。时至九月初，每天傍晚时分，会出现秋天初寒的丝丝微风。卡赞看着最后一缕阳光从天上消逝，之后，黑暗随即而至。黑暗的来临，让卡赞更强烈地渴望自由。夜复一夜，它咬着拴它的铁链；夜复一夜，它看着星星和月亮，注意倾听是否有灰狼的呼唤。而大丹犬呢，它正躺在地上睡觉呢。这天夜晚，天气比平常更冷了，清新的风从西面吹来，风里的气味既浓烈又刺鼻，奇怪地搅扰着卡赞，让它的血液燃起了印第安人所说的"霜冻期的饥饿"。昏昏欲睡的夏日离去了，夜以继日的狩猎即将开始。卡赞想跳跃而起，摆脱桎梏，在灰狼的陪伴下，一同不停奔跑，直至精疲力尽。卡赞知道，灰狼就在那边——那儿的星星低悬，夜空晴朗，卡赞知道灰狼正在等着它呢。卡赞使劲拉了拉链子，嘴里同时发出呜呜的叫声。这天夜晚，它一直无法安宁，它比以往任何时候都更焦躁不安。有一次，从遥远的地方传来一声呼唤，卡赞以为是灰狼的叫声，它回应了。卡赞的声音惊醒了沉睡的麦吉尔。黎明时分，教授穿好衣服，走出小屋。他发现，气候突然变了，这让他既高兴又满意。他用唾液弄湿了手指，并把手指伸向头顶，他咯咯地笑了，因为他发现风向转北了。麦吉尔朝卡赞走去，对它说话。他讲了许多事情，他还说道："这将让黑苍蝇开始休眠了，卡赞。一两天后，寒流来时，我们就出发。"

五天后，麦吉尔先领着大丹犬，后带上卡赞，上了装满东西的独木舟。桑迪前来送行，卡赞寻机向他扑去，可桑迪总与卡赞保持着距离。麦吉尔看着他俩，虽然他若无其事地微笑，但在笑容后面却掩饰着让他的血液快速涌动的念头。他们一行顺水下划了一公里多后，麦吉尔便俯下身，大胆地将一只手放在了卡赞的头上。那手的触摸和教授的声音好像蕴含着什么东西似的，使得卡赞毫无咬他的欲望。卡赞用呆板的眼神一动不动地默认了这样的友谊。

"老伙计，我开始担心我没有多少时间睡觉了，"麦吉尔话音含糊不清，"但我想，同你在一起，可以不时地小睡一会儿！"

当天夜晚，麦吉尔的宿营地在湖岸上。他把大丹犬拴在一棵小树边，距离他的丝绸小帐篷二十米远。而卡赞的铁链却固定在一根矮小的桦树墩上，这个树墩也用于固定帐篷的门帘。麦吉尔在进帐篷过夜前，掏出自动手枪认真地检查。

一连三天，麦吉尔沿着阿萨巴斯卡湖岸边旅行，一路安然无恙。第四天夜晚，麦吉尔在距离水面一百米远的巴可尼西灌木丛里搭起了帐篷。这一天，风不停地从他们身后吹来，至少有半天的时间，教授一直在密切观察卡赞。从西方不时地吹来一种气味，搅扰着卡赞，使它不得安宁。从中午起，卡赞就嗅到了风中的气味。麦吉尔两次听到从卡赞的咽喉里响起的低沉咆哮。另一次，这种气味比往常更为强烈了，卡赞露出了尖牙，竖起了背脊上的毛发。麦吉尔扎营后没有生火，他只是坐着，用双筒镜对着湖岸边侦察，一直持续了一个小时。黄昏时分，他才回到搭起帐篷的地方，用链条把狗拴上。好一会儿，他站在隐蔽的地方观察卡赞。卡赞仍然焦躁不安。它躺在地上，脸朝西。麦吉尔注意到了这一点，因为大丹犬在卡赞身后——面却向东。一般情况下，卡赞的脸常常会面向着他的。现在，麦吉尔确信，西方可能有什么问题。一想到可能会发生什么事情时，麦吉尔的后背就有点不寒而栗。

在一块岩石后面，麦吉尔生起了很小的一堆火，开始准备晚餐。之后，他进了帐篷。当他出来时，手臂里夹着毛毯。他站在卡赞跟前，咯咯地笑了笑。

"今晚不打算睡在那里了，老伙计。"麦吉尔说，"我不喜欢你在西风里发现的那种东西。可能是雷声和风暴吧！"麦吉尔开了个玩笑，自己也笑了，接着，他钻进了矮小的巴可尼西灌木丛里，距离帐篷三十步远。在那里，他身上裹着毛毯睡下了。

这是一个安静的、星星闪烁的夜晚，卡赞昏昏欲睡，鼻子耷拉在前爪之间。"噼啪"，一根小枝的折断声惊醒了卡赞。这声音没有惊醒反应迟钝的大丹犬，但卡赞立刻警觉地竖起头来，敏锐的鼻孔嗅了嗅空中的气息。整整这一天它所嗅到的气味，现在变得浓烈了，而这种气味就在它的身边。卡赞依然躺着，身子在颤抖。慢慢地，从帐篷后面的巴可尼西灌木丛里出现了一个人影。那不是小个子教授。那影子低着头，耸着肩，小心翼翼地走过来。在星光下，桑迪凶狠的脸露了出来。卡赞伏低趴下，头平摆在前爪之间，长长的尖牙闪烁微光。卡赞并没有弄出一丝声响，否则就暴露了它在浓密的巴可尼西灌木丛下的隐藏处。桑迪一步一步地走近了，最后来到了帐篷的门帘边。这会儿，他的手里没有提着棍棒，也没有拿着鞭子，取而代之的是闪烁发光的钢家伙。桑迪在门口停了一下，然后朝里窥视，背部正好对着卡赞。

卡赞站了起来，它的一举一动又静又快，——它忘记了链条还拴它着呢。在三米之外站着的是它最憎恨的敌人。卡赞状态极佳，体内聚集了所有的准备跳跃的力量。很快，它扑了上去，链条几乎快拧断了它的颈部，可这一次却没有把卡赞反弹回来。自从被套上缰绳做苦役，卡赞就戴上了这块皮制的颈圈。可由于颈圈使用太久，皮质退化了，在卡赞的大力猛扑下，颈圈啪的一声就断裂了。桑迪转过身，卡赞一下又跳了起来，尖牙一口咬入桑迪的手臂。桑迪惊叫一声，倒在地上。接着，卡赞和他在地面上翻来滚去。大丹犬一边使劲拉扯拴住它的皮绳，一边发出低沉的雷鸣般的报警咆哮。卡赞跌倒了，咬住手臂的嘴松开了。它立刻站了起来，准备再次攻击。就在此时，情况变了。它自由了，脖子上的颈圈不见了。森林、星星、飒飒的微风都围在它的身边。这里是人出没之地，在那边——是灰狼所在的地方！卡赞的耳朵耷拉下来了，它迅速转过身，像个影子似的溜回到它的美好自由天地。

走出一百米之外，一阵响声让卡赞突然停住了。那不是因为大丹犬的叫声，而是尖利的"啪——啪——啪"的响声，是麦吉尔的自动手枪的声音。随后又传来桑迪·麦克特里杰的叫喊声，那声音盖过了枪声，听起来既奇怪又可怕。

第二十六章

空洞的天地

　　卡赞继续向前行走，一公里又一公里。桑迪·麦克特里杰的叫喊声传来了死神颤抖的音符，一时间让卡赞感到压抑，它像一个影子似的溜过巴可尼西灌木丛林，耳朵耷拉着，尾巴下垂，后半身显露出狼与狗在躲避危险时溜跑的奇怪特点。不久，卡赞走出了巴可尼西灌木丛林，来到了一处平坦的地方。这里天穹清澈，繁星点点，四处寂静无声，但空气里弥漫着一种北极荒野之地的气息，使卡赞变得警觉起来，十分小心。它面对着风的方向。灰狼在远处某个地方，在遥远的西南方向。数周以来，卡赞头一次蹲坐下来，喉咙里响起了低沉颤动的呼唤，那呼唤的回音神奇地在四周数公里地回荡。在巴可尼西灌木丛林后面，大丹犬听见了呼唤声，它呜呜地叫了起来。麦吉尔正埋头看着一动不动的桑迪的尸首。他抬起头，脸色刷白。他在听，等待呼唤声再次响起。然而，卡赞本能地意识到，第一声的呼唤是得不到回应的。这会儿，它飞快地出发了，不停地奔跑，就像一条狗沿着通往主人家的小径飞奔似的。卡赞没有返回到湖边，也没有朝红金城方向去，它抄近路走了六十公里，过平原，踏沼泽，穿森林，爬过隔断它和麦克法兰之间的岩石山脊。那天夜晚，卡赞一直没有呼唤灰狼。它有自己的判断力，那是一种习惯的程序——是靠惯例而形成的，因为灰狼以前曾经多次等着它，所以卡赞知道灰狼现在还会等着它，就在沙滩附近。

黎明时分，卡赞到达了河边，距离沙滩不到五公里。快到太阳升起时，卡赞已经站在了狭长的白色沙滩上，站在了它与灰狼走下来饮水的地方。卡赞充满信心地期待着，它四下张望，寻找着灰狼，同时嘴里发出呜呜的叫声，尾巴摇来摆去。卡赞开始寻找灰狼的气味，但雨水把灰狼的足迹冲刷得干干净净。整整这一天，卡赞都在寻找灰狼，它先沿着河边寻找，然后到了平原地带。它去了它和灰狼上次猎杀兔子的地方，嗅了嗅挂着毒诱饵的灌木丛。一次又一次，卡赞蹲坐下，向灰狼发出了交配的叫声。它在做这些事情的时候，在它的体内慢慢地产生了那种荒野的奇迹，克里族人称之为"神灵的呼唤"。那种奇迹曾在灰狼体内发挥了效用，如今又让卡赞血液涌动。太阳快要消失了，昏暗的夜晚在四周迅速蔓延。这时候，卡赞转过身，朝东南方向越走越远。而在这个世界上，在卡赞对事物的认知范围里，虽然灰狼显得渺小，但卡赞不能失去它。按照卡赞的理解，这个世界是一条狭窄的小径，它始于麦克法兰，一直向前延伸，穿过森林，越过平原，到了海狸把它们驱赶出去的小山谷。如果灰狼不在这里的话，它就在那边。卡赞又开始不知疲倦地继续寻找灰狼。

星星又隐隐出现在空中，黑夜正在替代阴沉的白天。直到此时，疲惫和饥饿才让卡赞停住脚步。它猎杀了一只兔子。饱餐后，卡赞在猎物旁边躺了好几小时，它睡着了。之后，卡赞又继续前行。

　　在第四天的夜晚，卡赞来到了两座山脊之间的小山谷。初秋的晚上阴冷明亮，这会儿，星空越来越光耀闪烁。卡赞沿着小溪往下走去，进入了它们以前居住的沼泽之地。当它来到了海狸的大水塘边时，已经天亮了。如今的水塘完全围住了原木堆。在这座原木堆下，灰狼的第二胎幼崽来到了这个世界。断牙海狸和其他海狸们给它和灰狼的巢穴带来了很大的变化。卡赞在水塘边默默地站了很长时间，它一动也不动，嗅着侵占者散发在空中的又浓又难闻的气味。直到目前为止，它的精神还没有崩溃。尽管它的脚痛，两肋消瘦，变得憔悴了，但它依然绕道行走，慢慢地穿过沼泽地。整整这一天，卡赞一直在寻找。它的冠状的毛发平倒下了，双肩下垂的姿势和眼睛转动的样子都流露出一种恐慌的表情——灰狼不在这里！

　　慢慢地，大自然让卡赞明白一个实情：灰狼已经离开了它的世界、脱离了它的生活。卡赞感到很孤独、很悲伤，以至于觉得森林似乎变得奇怪了，寂静的荒野万物这会儿好像都在压抑它，恐吓它。卡赞体内狗的本能再次胜过了狼的天性。与灰狼在一起，它拥有自由的世界。没有灰狼，这个世界变得如此之大，既奇怪又空洞，使它感到了恐惧。傍晚时分，卡赞发现小溪的岸边有一小堆碎蛤蜊壳。它嗅了嗅这些东西，然后转身走了，接着它又返回来，再次嗅了嗅碎蛤蜊壳。这是灰狼南行前在沼泽地吃的最后的盛餐。可是，灰狼留下的气味太弱，没让卡赞有所察觉，它又转身走了。这天夜晚，卡赞溜到一根原木下，哭着哭着就睡着了。深夜里，它睡得很不安宁，依然悲伤不已。日复一日，夜复一夜，卡赞像个偷偷摸摸的动物停留在大沼泽地带，它在哀悼把它从混沌世界带到光明之地的动物——这只动物为了卡赞而来到了卡赞的世界，可这只动物又离开了。

第二十七章

太阳石的呼唤

秋天的阳光金色闪耀，高耸的太阳石眺望着一只朝小溪上游驶去的独木舟，舟上有一男一女和一个孩子。文明世界为可爱的琼所做的一切，就像把一朵又一朵野花从荒野深处移植出去。琼的脸颊变瘦了，蓝色的眼睛失去了光泽。琼咳嗽了。当她咳嗽时，她的丈夫看着她，眼里流露出既疼爱又担心的神色。但在今天，慢慢地，她的丈夫看到了变化。这一天，独木舟朝溪流上游驶去。当小舟进入奇妙的山谷时，他发现琼的脸颊上再次聚集红晕，丰满的嘴唇变得红润了，眼里泛起了幸福和满意的神情。在进入遥远的城市之前，这里曾经是他们的家园。看到了这些变化，她的丈夫轻轻地笑了，他由衷地感谢森林。在独木舟里，琼的身子往后倾斜，头几乎靠在了他的肩上。琼的丈夫停止了划桨，把琼拉到了身边，手指抚弄着她那浓密柔软的金发。

"琼，你又快乐了，"他愉快地笑了，"医生是对的，你是属于森林的。"

"是的，我感到很高兴。"琼低声说道，忽然间，她的声音变了，显得有点儿激动，手指着一块伸进溪流的狭长的白沙滩，"你还记得吗？多年以前，好像卡赞是在这里离开我们的。它在沙滩那边，呼唤着卡赞。你还记得吗？"琼的声音有点儿颤抖。她补充道，"不知道它们去什么地方了。"

小木屋还是他们离开时的那个样，只是小屋四周绯红的巴可尼西藤长大了，墙壁旁边涌现出了大片高耸的杂草。现在，小木屋再次呈现出生活的气息，琼脸上的肤色一天天地变深了，她的声音充满着旧日荒野歌曲的甜蜜。琼的丈夫在清理旧日陷阱地带的小径，琼和现在已可以跑跳说话的女儿在整理小屋，把小屋变成他们的家。一天夜晚，琼的丈夫很晚才回到小屋。当他进来时，琼的蓝眼睛洋溢着兴奋的神情，她的声音在颤抖。

"你听到了吗？"琼问他，"你听到呼唤声了吗？"

他点了点头，手抚摸着琼的柔软头发。

"我当时在一公里之外的小溪沼泽地，"他说，"我在那里听到了声音！"

琼的手紧紧地捏住他的胳膊。

"那不是卡赞，"琼说，"我能够识别它的声音。可好像是别的——那天早上来自沙滩的呼唤声，是卡赞的伴侣吗？"

琼的丈夫在思索。琼的手指捏紧了，呼吸有点儿加快了。

"你答应我吗，"琼问，"你答应我永远不猎杀或用陷阱捕捉狼吗？"

"我想过此事，"他回答说，"听到了呼唤声后，我想到了这一点。是的，我答应你。"

琼的手臂不声不响地搂住了他的脖子。

"我们曾经爱过卡赞，"琼低声说道，"你也许会杀了它，或它的伴侣。"

突然，琼不说话了。他俩在倾听。门虚掩着，狼求偶的嗥叫声又传到了他们的耳边。琼朝小屋门口跑去，她的丈夫跟在后面。然后，他们默默地站在一起，琼紧张地屏住呼吸，手指的方向越过了星光闪烁的平原。

"你听！你听！"她吩咐道，"这是它的声音，来自太阳石那里！"

琼跑进了漆黑的夜晚。这会儿，她忘记了丈夫紧跟在她的身后，忘记了女儿独自一人在床上。忽然间，一声回应的嗥叫响起了，声音穿越数公里宽的平原，传到了他们的耳边——嗥叫声似乎是风的组成部分，让琼异常激动，以至于她的呼吸在奇怪的抽泣里变得急促了。

琼在平原上越走越远。然后，她停住了脚步。秋天，金色的月光、星光洒落在她的头发上，在她的眼睛里闪烁。过了好几分钟，嗥叫声又响起了，而且声音就在附近，琼把手放在嘴边，高声呼唤，她的声音像过去那样响彻了整个平原——

"卡赞！卡赞！卡赞！"

在太阳石上，灰狼——因饥饿而变得憔悴瘦削——听到了那女人的喊声，它喉咙里的呼唤声便消失了。这时候，在北边，一个快速移动的影子停住了，它像岩石那样在星光下站立了片刻。那是卡赞！一种奇异的激情就像火一样，在它的体内猛烈跳跃，它的每个固有的属性都在燃烧，让卡赞明白它到家了。在这里，很久前，它曾经在此居住过、爱过、厮斗过。此时此刻，在它的记忆里，逐渐消失模糊的美好景象又回来了，如同真实的活生生的实物。因为，它的耳边依稀响起了穿过平原的声音，卡赞听到了琼的呼唤！

在星光下，琼站立着，她感到紧张，脸色刷白。这时候，卡赞从淡淡月色的雾霭里出来了，它朝琼走去，然后畏缩地趴下，喘着粗气，同时喉咙里响起了奇怪的呜呜音符。琼向卡赞走去，她双臂伸出，一边啜泣，一边一遍又一遍地念叨卡赞的名字。琼的丈夫站立着，低头瞧着琼和卡赞，脸上新添了一种理解的神色。如今，他不害怕卡赞了。琼的双臂紧紧地搂住卡赞硕大的毛茸茸的头，琼的丈夫听到了卡赞发出高兴的呜呜喘息声，还听见了琼的抽泣和低语。他紧张地捏着手，面对着太阳石。

"我的天哪，"他低声说道，"我相信，这就是所谓的……"

忽然间，灰狼求偶的呼喊又响起了，悲痛孤独之声穿过平原，仿佛是在回应琼的丈夫心中的想法。卡赞好像被皮鞭猛地抽打了似的，它迅速站了起来，一下子忘掉了琼的触摸、她的声音，以及身旁的男人。转眼间，卡赞不见了，琼扑倒在丈夫的怀里，双手几乎是在用力紧抱着丈夫的脸。

"你现在相信了吗？"琼喘着气，一边大声说道，"你现在相信我的世界里的奇迹了吗？是大自然与我同在，大自然赐予了野生动物灵魂，大自然让我们，让大家相聚一起，再次回到了家！"

琼的丈夫轻轻地搂住了她。

"我相信，亲爱的。"他低声说道。

"你相信，现在这意思是'不可杀戮'了？"

"只要它给我们带来生命——对，我明白了。"他答道。

琼温暖柔软的手在抚摸丈夫的脸，她的湛蓝的眼睛充满着星星的光泽，凝视着丈夫的眼睛。

"卡赞和它的伴侣，你和我，还有孩子！我们都回来了，你感到快乐吗？"琼问。

琼的丈夫把琼抱在怀里，紧紧地搂着她，以至于琼听不见丈夫在她的柔软温暖的头发里所说的悄声细语。之后，在星光下，他们坐在小屋前，待了好几小时。不过，在太阳石上再也没有响起孤独的叫声。琼和她的丈夫明白了。

"明天，它会来看我们的，"他说，"走吧，琼，该休息了。"

他们一起走进了小屋。

那天夜晚，在月光照耀的平原上，卡赞和灰狼肩并肩地又开始狩猎了。